初恋こじらせ軍人伯爵の暴走愛

～私、婚約解消二回の没落令嬢なんですけど⁉～

Megumi Aii
藍井恵

Honey Novel

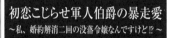

Illustration

藤浪まり

CONTENTS

序章

『前髪、どうして切らないの？』

相馬光子《そうまみつこ》、六歳。九歳の古賀忠士《こがただし》に初めてかけた言葉がこれだ。

このとき光子は、古賀男爵家に里子に出され、ひとり息子である忠士に引き合わされたばかりだった。それなのに光子は爪先立ちになって、忠士のふんわりした、少しだけ金髪が混じった前髪をかき上げてそう聞いたのだ。

彼は背を屈《かが》めたまま瞳をまん丸とさせていたが、光子はもっと驚いていた。その瞳が、緑がかっていたからだ。

――宝石みたい……。ううん、それよりも、もっと透き通っていてきれい！

緑眼から目が離せなくて、光子は彼の前髪をかき上げたまま凝視していたが、『さすが姫！』という豪快な声とともに古賀男爵が笑い始めたので、慌てて手を引っ込めた。

光子は子ども心に何か褒めなければと思い、『世界が緑色に見えたりするの？ 私、緑ってすごく好きな色だからうらやましいわ』と、頓珍漢《とんちんかん》なことを言ってのける。

前髪が下りて瞳が見えなくなっていたので、忠士の表情はよくわからなかったが、きっと呆《あき》れたか、怒っていたことだろう。

白人とのハーフなどほとんどいない世の中で、彼はいつも好奇の目にさらされてきた。しかもフランス人の母は日本での生活に慣れず、忠士が五歳のとき息子を置いて母国フランスに帰ってしまったと聞く。

古賀男爵は、日本に戻ろうとしない妻を離縁していて、光子が里子になったとき、忠士には日本人の継母《ままはは》がいた。

子どもの忠士が自分の中のフランスの血を隠したいと思っても無理もない。そうでなければ、不自然なほどに前髪を長くしたりしていなかっただろう——。

——なんであんなに偉そうだったのよ、私……。

思い出すたびに、光子は二重の意味で悶絶《もんぜつ》する。

ひとつは忠士の天使のような美しさに、もうひとつは自分のあまりに高飛車な態度に。

これにはわけがある。

相馬伯爵家はもともと福山《ふくやま》藩の当主の家柄で、明治になっても、筆頭家老の家系だった古賀男爵は相馬伯爵を殿と呼び、忠誠を誓っていた。

幼少期に子を他家に預けるのは華族の慣わしで、父がひとり娘の光子を古賀家の里子にしたいと古賀男爵に申し入れたとき、男爵は喜びにむせび泣いたという。

『殿、今も古賀家を筆頭家老だと頼ってくださるのですね！』

そんな事情があり、古賀家で、姫、姫と、下にも置かぬ扱いを受けていたものだから、幼い光子は勘違いして、忠士に横暴な態度をとってしまった。

——本当は、忠兄さまのこと、大好きだったのに！

光子は、忠士の緑眼をいつも見ていたいものだから、『目を瞑《つむ》ってじっとしていて』とだけ言って、勝手に彼の前髪をはさみで切ったこともある。

目を開けたときの忠士の顔が忘れられない。短くなった前髪を触って呆然《ぼうぜん》としていた。その後、理髪師の手によって切り揃《そろ》えられたのは言うまでもない。

忠士が天使なのは見かけだけではなかった。光子が小さな暴君だったのにもかかわらず、優しく接してくれた。

自分のことが好きだからだと、当時は勘違いしていたが、物心がついて両家の関係性を理解するにつれ、光子は恥ずかしさのあまり、消えてしまいたくなる。

忠士が光子に優しかったのは、父親から姫として扱うよう命じられていただけだ。

——かわいそうな、少年、忠兄さま……。

幼い光子は、その後どんどん図に乗った。

あれは麗《うら》らかな春の朝のこと。

邸内にある剣道道場の壁の下部にある通風用の窓から、中で朝練する忠士に向かって『助けて〜』と光子は叫んだ。慌てて飛んできた忠士の手をつかんで光子はこう言った。

『さっき読んだ絵本で、騎士が姫を救うところが、すっごくかっこよかったの。姫《わたくし》を連れて逃げてよ』

屋内にいるのは、忠士のほうなのに、窓から光子を引きずり入れさせ、馬に乗って逃走するはずが、馬がないので、なぜか騎士だったはずの忠士を馬にして〝お馬さんぱかぱか〟を強要した。

『フランスのお姫さまが食べるようなお菓子を作ってほしい』と、無茶ぶりして厨房でお菓子を作らせたことも――。

そんな数々の我儘《わがまま》は思い出すときりがない。

――それなのに忠兄さまときたら！

母親が置いていったフランスの料理本を見ながら、最初に作ってくれたのが『シャルロット・マリー・アントワネット』。ババロアのデザートだ。こんな解説までしてくれた。

『これはマリー・アントワネットというオーストリアからフランス王太子に嫁いだお姫さまが愛したお菓子なんだよ』

これがやわらかいのにぷるぷるした食感で、口の中に上品な甘みが広がり、おいしいのなんの。光子がのちにフランスに傾倒する原体験となった。

ほかのお菓子も作るよう光子に命じられ、忠士は次々とフランスのお菓子を作ってくれた。

『これは離宮で、マリー・アントワネットが自分で焼くぐらい好きだったというメレンゲだよ』といった具合に――。

――いえ、待って。

マリー・アントワネット関係のお菓子が多すぎではないだろうか。

ぞくっと光子の背筋に悪寒が奔《はし》る。

――もしや……いつかギロチンにかけてやるという決意の表れでは……？

それにしても、フランスのお菓子を作ることで、忠士は継母の不興を買っていたような気がする。

あれは、厨房の隅で小さな椅子に座り、光子が忠士とメレンゲを食べながらおしゃべりしていたときのことだ。

――いえ、あれはおしゃべりというより、独演会だったわ……。

大抵、光子がたわいのないことをまくし立てて、忠士は穏やかな笑みを浮かべて聞いているだけだった。

そのとき、たまたま厨房に入ってきた古賀夫人がふたりを一瞥《いちべつ》して、つぶやくようにこう言った。

『日本のお菓子は口に合わないようね？』

忠士の瞳が急に曇る。

『そういうわけでは……』

臣下がいじめられていると思った光子は立ち上がってこう抗議する。

『古賀のおばさま、召し上がったことがないからそんなことをおっしゃるんですわ！　日本人だろうが宇宙人だろうが、このお菓子なら、誰しもがおいしいと思うはずです』

そう言って、メレンゲが山盛りになった大皿を差し出した。

姫に言われたものだから古賀夫人は形ばかりの笑みを作り、ひとつ摘まんで口に入れる。

『あら、甘くておいしいわ』

そのとき古賀夫人の表情が明るくなったので、本当においしいと思ってのことだ。

『でしょう？』

自分が作ったわけでもないのに、光子は得意げに応じた。

今思えば、古賀夫人にまで、よくもあんな偉そうな態度をとれたものだ。忠士だけでなく、夫人にも嫌われていたに違いない。

思い出すたびに、この世から消えたいような気持ちになるが、当時、光子は幸せだった。

古賀家での二年はあっという間に過ぎ、父である相馬伯爵自ら、古賀邸に迎えに来たとき、光子は『ずっとここにいる！』と言い放ち、行方《ゆくえ》をくらました。

――温室に隠れているところを、忠兄さまに見つけられたんだっけ。

忠士に説得されかけていたところに、古賀夫人と侍従が現れ、時間がなかったのか、引き裂かれるように連れていかれた。

あのとき駄々をこねなければ、ちゃんとお別れの挨拶もできただろうに――。

結局、光子は侍従によって父の馬車に押し込まれ、泣きながら二年ぶりに自邸に戻った。

忠士がどんなことを言って光子を説得したのかについてはあまり覚えていないが、ただただ、忠士と離れ離れになるのが辛《つら》いという気持ちだけが強烈に残っている。

忠士はその後、華族学校の寄宿舎に入ったそうだ。帰宅しているはずの日曜日でさえも、古賀邸に彼の姿はなく、会うことがかなわなかった。避けられていたとしか思えない。

光子は成長するにつれて、幼い日の自身の勘違いぶりに気づくようになり、忠士への甘い気持ちに、苦みが加わるようになっていった。

古賀家は、家老に与えられることが多い男爵の位を授かっていたが、その後、忠士の父、古賀男爵は大蔵大臣まで昇りつめ、伯爵に陞爵《しょうしゃく》している。男爵だった当時でさえ、地位も名誉も財産も、もとの主君である相馬家を上回っていた。

ただ、古賀男爵の忠義の心が、相馬伯爵を殿と言わしめ、敬わせていただけだ。

そして今、光子、二十四歳。嫁《い》き遅れの年齢なのに、実家で過ごしているのにはわけがある。

ことの起こりは、十七のとき、華族女学校の門の前で、車から降りたところを二条公爵家《にじょう》嫡男、英敬《ひでたか》に見初《みそ》められたことからだった。二条家は公家《くげ》出身の華族の中では最上級《トップクラス》で、それだけを見るといい縁談だが、武家には恨みのある家系である。そこが障害になっていたが、英敬が光子に熱を上げ、両親を説き伏せた。

挨拶のために光子は両親に連れられて二条家を訪問したが、喜んでいるのは英敬だけで、彼の両親が歓迎していないことはありありと感じられた。

自分の血筋を歓迎しない家に入るなど、たとえ相手のことを気に入っていたとしても憂鬱になるような縁談なのに、光子は英敬のことなど、これっぽっちも好きではないのだ。

——これが古賀家だったら……。

温かな古賀父子、使用人の面々が思い浮かぶ。

——里子じゃなくて、嫁としてあの家に入れたらよかったのに……。

そうしたら、自分を女王さまか何かだと勘違いすることもなく、忠士に好かれるように振るまうこともできた。

そんなことばかり考えていたある日、光子は十年ぶりに忠士と再会する。女学校の親友、桜小路信子《さくらこうじのぶこ》とオペラ『ヘンゼルとグレーテル』を観に行ったときのことだ。

大国劇場の豪奢《ごうしゃ》なロビーに入ると、ひときわ背の高い外国人がいた。その男性が振り向いて『ごきげんよう』と言ってくるではないか。

――忠兄さま！

見上げるほど上背がある日本人離れしたスタイルに、黒い蝶ネクタイとフロックコートが決まっている。姿だけでなく顔立ちだってすっかり大人だ。髪は黒くなり、緑だった瞳は様々な色が混ざり合う、はしばみ色になっていた。

だが、まぎれもなく忠士だ。

二年間、毎日をともに過ごした光子にはわかる。

光子は、あのときのことを謝るどころか、呆然と眺めるばかりだった。

彼の薄い唇が動く。

『私のこと、覚えていますか？』

光子が何もしゃべらないので、忘れられたと思ったようだ。

隣に立つ信子に肘で突かれて、ようやく光子は現実に引き戻される。

『も、もちろんですわ……忠兄さま』

『今も兄さまとお呼びくださるのですね、姫さま』

そのとき、忠士が微笑《ほほえ》んだが、楽しいという笑みではなく、どこか皮肉っぽい笑みだった。

やはり、光子のことはいやな思い出として残っているのだろうか。

『姫さまだなんて……およしになってくださいな』

『もうご婚約なさったんですものね。新聞で読みました』

社交界どころか日本中が知っていることなのに、そのとき、なぜか光子の心臓がきりりと痛んだ。

——忠兄さまには知られたくなかったってこと？

案外、自分の心は自分では、よくわからないものだ。

光子が黙っていると、「おめでとうございます」という言葉が降ってきて、光子は顔を上げる。とたん、忠士が困惑したような表情になった。

光子が泣きそうになっていたからかもしれない。

『私……結婚したくないんです』

なぜか瞳に狼狽《ろうばい》の色を漂わせ、忠士が自身に言い聞かせるようにつぶやく。

『……そうだったんですか』

そのまま、ふたりが口を噤《つぐ》んだままになったのを見かねたのか、信子が光子の腕に手をからめ、冗談めかしてこう言った。

『私も結婚してほしくないんですぅ〜。女学校から光の君がいなくなったら、何を楽しみに学校に行けばいいんでしょう！』

忠士は、ここにきてようやく信子に目を遣《や》った。

『懐かしさのあまり突然ご友人にだけ話しかけて失礼いたしました。私は古賀忠士と申します』

『ごきげんよう。私、桜小路信子と申しますの。兄がお世話になっております』

——もしかして、信《のぶ》さまのお兄さまとお知り合いなの？

『こちらこそ。お兄さまとは初等科のときから仲良くさせていただいております』

『まるで、私と光の君みたいですわね』

光子と腕をからめたまま、甘えるように信子が頭を寄せてきた。

『光の君？』

『私だけが光子さまのこと、そう呼んでいますのよ』

『風流な呼び名ですね』

『でしょう？』

得意げに言う信子を見て、忠士がくすりと小さく笑った。先ほど光子に向けた昏《くら》い笑みとは明らかに違っている。

——信さまは女学校一の美人だもの……。

信子のおかげで場が明るくなったというのに、光子の胸には何か棘《とげ》のようなものが刺さっていた。

——私以外の淑女には、忠兄さまは笑いかけるのね。

そう不満に思ってから、光子は自身を叱《しか》りつける。

いずれ、忠士は自分以外の女性と結婚するだろう。それなのに、何を考えているのか。光子は妹ですらないのに。

信子の兄と仲がいいなら、信子と結婚することだってありえる。信子は西洋的な華やかな顔立ちをしていて家柄もよく、忠士とお似合いだ。

光子には、好きでもない男と結婚する未来しか残されていなかった。


それから二週間ほど経《た》ったある日、状況が一変した。

二条のほうが、親族の反対に遭ったとかで、やはり武家とは無理だと言い出し、破談になったのだ。華族が婚約を解消したとなると新聞記事になるものだから、社交界のみならず日本全国に広まった。

相馬家が武家であることなど最初からわかっていたはずだと父は激怒し、これ以降、見合いを勧めてくることもなくなった。

光子は傷ものになってしまったのだ。

だが、光子自身は、破談になってどこかほっとしていた。

二条との縁談が持ち上がったとき、まず頭に浮かんだのは、光子と小さなテーブルに着いて洋菓子を食べる忠士の幸せそうな表情だった。

そこでようやく気づいたのだ。

幼少期に忠士と二年間、親密に過ごした自分には、もうほかの男性は無理だと——。

だが、皮肉にも、その二年間で光子は尻尾《しっぽ》を出しまくり、忠士から好かれる可能性を自ら摘み取ってしまった。

婚約中に再会したことで、いよいよ忠士以外の男性は無理だと実感したが、ここは潔く諦めて、心の中で慕うだけにすべきだ。

それなら、忠士に迷惑をかけることもない。

『二条のほうが勝手に惚《ほ》れ込んだくせに、こんな目に遭うなんて……』

光子が不憫《ふびん》だと父が嘆くたびに、光子はこんなことを言って慰めたものだ。

『私はもう結婚はこりごりですわ。今、語学を習っていて、それを活《い》かした仕事をしたいと思っていますの』

忠士と食べたフランス菓子がきっかけで始めたフランス語の勉強だが、今は、料理だけでなく、フランス文化の魅力に取りつかれている。

それから忠士と再び見《まみ》えるまで四年の歳月を要した。それは、光子二十一歳、忠士二十四歳のときのこと。光子はもう嫁き遅れと言われる年齢になっていた。

ここまで会えなかったのは、在学中に婚約解消の醜聞があったためだ。光子は園遊会や夜会に顔を出さないようにしていたので、忠士と偶然会うこともかなわなかった。

忠士は陸軍に入ると、その語学力を買われ、すぐにイギリス国在勤帝国大使館附陸軍武官に任命された。最年少で大抜擢だったと聞く。大使館に駐在して軍事情報を集める武官で、略して駐在武官。将校には、駐在武官の経歴を持つ者が少なくない。

――忠兄さまは、いよいよ手の届かない人になってしまったわ。

そんなふうに思っていたら、しばらく日本を離れるということで、伯爵に陞爵した古賀伯爵とともに忠士が相馬邸に挨拶にやって来た。

相馬の武家屋敷には式台玄関があり、侍従が玄関へ続く木製の引き戸を開けると、式台と呼ばれる少し低まったところにある板敷に忠士が立っていた。

このときの衝撃を、光子は生涯忘れられないだろう。

――あまりのかっこよさに目が潰れるかと！

片側を夕陽《ゆうひ》の橙《だいだい》に染め、眉は凛々《りり》しく上がって自信ありげ。眼差しはきりりっと鋭く、軍服の上からでも胸の厚みで体格のよさがうかがえた。

対してその隣にいる古賀伯爵は和装だった。普段は洋装なのだが武家屋敷の相馬邸に来るときはいつも和服を着ている。かくいう光子も和服である。

福山藩に代々伝わる文化財が飾ってある和室の客間で、古賀家父子と相馬家の四人が一堂に会する。

——こんなに軍服が似合う殿方は、映画スタアにだっていないわ！

目の保養だと手と手を合わせて拝みそうになってしまう。

だが、うっとりする時間はすぐに終わった。

古賀伯爵が、幼いころの光子の武勇伝についておもしろおかしく話し始めたからだ。木に登ったのはいいが降りられなくなったところを忠士に助けられるといった、光子が忘れていたようなことまで掘り起こされた。

——後悔するネタがさらに増えてしまったわ……。

古賀伯爵でこれだけあるなら、忠士だけが覚えている暴君エピソードなど、とめどなく出てきそうだ。

思い出話が一段落すると、古賀伯爵がためらいがちにこんなことを提案してきた。

『姫さまはこんなにお美しいのに、独身のままとは……もったいないですな。よろしかったら、私がいい方をご紹介しますよ』

華族女学校の級友は、ほとんどが在学中に婚約して、今や母になった友も少なくない。だが、忠士の前で、嫁き遅れ認定をしてほしくなかった。

——なんだか惨めだわ。

そう思ってうつむいたところ、隣の兄がお猪口《ちょこ》を勢いよく卓に置いた。

『古賀のおじさま、ぜひお願いしますよ！　光子は女学校時代に婚約解消が報じられてしまっていますから、なかなかいいお相手は見つからないとは思いますが……』

光子は、今度は怒りで顔が熱くなって、キッと鋭い眼差しを兄に向けた。

『お兄さま、心配ご無用ですわ。私、語学を学んでおりまして、いずれ仕事にしたいと思っておりますの』

フランス人女性と離婚経験のある古賀伯爵の手前、光子は敢《あ》えて何語かは言わなかった。

『怖い、怖い』

そうつぶやいて再び日本酒に口をつけた秀文《ひでふみ》を母がたしなめる。

『秀文さん、めったなことを言うものではありませんよ』

古賀伯爵が場をとりなすように光子に尋ねた。

『さすが姫、新婦人でいらっしゃいます。それは何語なのですかな?』

おずおずと光子が答えると、なぜか忠士のほうが反応した。含みのある視線を向けてくる。

『あの……フランス語です』

忠士に影響を受けていることがばれたようで、光子は恥ずかしくなる。

『おお。フランス語ですか。私はフランスに留学していましたからね。マドモアゼル、花の都パリは、一度は訪れるべきですよ』

——意外。おじさま、フランスのことを今もお好きなのね。

古賀夫人を同伴しているときは、フランスの話など一切しなかった。

古賀伯爵はフランスに留学していたとき、忠士の母親と恋に落ちた。親戚の反対を押し切っての結婚だったが、光子の父だけは賛成してくれたとか。その相馬邸だからこそ、フランスについて好意的に話せるのかもしれない。

『まあ、パリ……。フランスの方は店の外に座ってお茶をするそうではありませんか。フランスのお菓子を食べながら、エッフェル塔を眺めてみたいですわ』

『お菓子』とだけ言って、古賀伯爵は、ぷっと小さく噴き出した。

『姫は今もフランスのお菓子が大好きなのですね』

『ええ。お恥ずかしゅうございますわ』

――ご子息に命じて毎日お菓子を作らせていたのもばれているのよね。

光子が顔を熱くしていると、横から父が口を挟んできた。

『光子がフランス料理好きなものだから、いっしょに食べに行くうちに私まで虜《とりこ》になってしまったよ。フランス料理は美味なだけでなく芸術的なところがある。銀座《ぎんざ》にいい土地を見つけたので、フランス料理店をやるのもいいかもしれないと思っているところなんだ』

このとき光子は、父親が銀座で事業を起こそうとしていることを初めて知った。

古賀伯爵が相槌《あいづち》を打つ。

『フランス料理は芸術ですか！　美術品の蒐集家《しゅうしゅうか》でいらっしゃる殿らしいですな。私で協力できることがありましたら、なんなりとお申しつけください』

『古賀くん、それが本気なら、君が毎日食べに来ることだね』

父が冗談めかしてそう告げると、古賀伯爵が豪快に笑った。

忠士はお義理ていどに口角を上げ、視線を光子に向けてくる。その目は笑っておらず、むしろ射るような眼差しだった。

——暴君が嫁《い》かず後家になって、ざまあみろって思っているのかしら。

そう思われて当然だ。いつかできることなら謝罪したい。だが、ふたりきりになれる機会など今後あるだろうか。そう思っていたら、その夜、早速、機会が巡ってきた。

会食が終わり、古賀父子と畳敷きの『玄関の間《ま》』まで来たとき、両家の親が兄、秀文を取り囲み、秀文が幼かったころの話に花を咲かせたのだ。そのとき、侍従が戸を開けたので、光子と忠士だけ先に一段低い板敷へと進んだ。板敷の上でふたりきりになる。

光子は、いざとなると謝るのが難しいことに気づく。

——いきなり、ごめんなさいと言うのも変よね……。

悩んだ挙句、光子がやっと口にできた言葉は、こんな内容だった。

『駐在なさるのが、フランスではなく、イギリスだったのが意外でしたわ』

すると、忠士が下目遣いで見てきた。すでに威厳のようなものが備わっている。

『私は英語も得意ですし、イギリスは世界の情報が最も多く集まるところなので、ここで手柄を上げれば、将来、大将か大臣への道が開かれますからね』

『大将……？』

光子は唖然《あぜん》としてしまう。

彼はもう前髪で目を隠していたころの内気な子どもではない。いつからこんな野心的な人間になったのだろうか。

いよいよ手の届かない人になったと思ったとき、忠士が背を屈め、こう囁《ささや》いてくる。

『約束は守ります』

真顔だった。

——約束？

どの約束のことだろうか。指切りしながら一方的に投げかけた約束なら腐るほどある。

これからはきれいな瞳を髪で隠したら駄目だとか、毎日、光子のためにお菓子を作ってとか、騎士は姫にかしずくものよ、とか——。

もしかして自分が忘れているだけで、福山藩士たるもの、末は大将か大臣にならないと本当に指を切ると脅したのかもしれない。

体中から血の気が引いていった。

『そ、そんな約束……お気になさらなくていいのに』

忠士の片眉がぴくりと上がった。

——何かしら、この反応……。

機嫌がいいとは言いがたい表情だ。

『それは……』と、忠士が言いかけたところで、板敷に下りてきた古賀伯爵に声をかけられ、ふたりの会話は終わりになった。


――あのとき、何を言おうとしていたのかしら……。

光子は自室の小さなテーブルに着き、忠士のことを思い起こしていた。

絨毯《じゅうたん》を敷いて洋風にした和室には、座卓ではなく、アール・ヌーヴォー調の優雅な曲線を描いた木製テーブルを合わせている。

その小さなテーブルには今、紅茶と、雪の玉のようなデザートが置いてあった。これは『ウ・ア・ラ・ネージュ』というフランスのデザートで、オーブンを使わないので、よく忠士が作ってくれたものだ。

その卵白の玉を、光子はスプーンで切り崩す。何度も真似《まね》て作ったが、思い出の味にはかなわない。

白くやわらかな塊を口に入れると、舌の上で蕩《とろ》けた。甘いのに、心に苦みが奔《はし》る。忠士との思い出は、とてつもなく甘く、とてつもなく苦い。

こんなふうに、光子の頭の中には、いつも忠士と過ごした日々があった。

第一章　婚約解消、するなら二度も三度も同じ？

残念なことに、光子が参加している園遊会は、ものすごく趣味が悪かった。

西洋の宮殿を模した安っぽい邸宅で、和洋折衷な庭の桜木は、秋になり紅葉しかけているというのに、そこに桃色の造花が飾られている。招かれた芸者たちが、その造花をもいではしゃいでいるのは、その中に一円札が入っているからだ。

さらに、残念なことに、この趣味の悪い園遊会を主催している中山《なかやま》男爵家の嫡男は、光子の婚約者なのである。

――やっぱり、この家に入るのは無理だわ！

光子は今、振袖を着て、真っ赤な和傘のもと、長椅子に兄、秀文と並んでかけていた。隣の秀文もさすがに閉口している様子だ。

「金をかければいいってもんじゃないよな」

兄とて、落ちるところまで落ちたと感じていることだろう。相馬邸で開かれる園遊会といえば、外国の大使も招くような格式の高いものだったからだ。

そんな相馬伯爵家のふたりが、こんな成金の園遊会に参加するはめになったのは、伯爵が二ヶ月前に亡くなってしまったことに端《たん》を発する。

『私……信じない……』

父、相馬伯爵は福山藩の行事に参加するために出かけ、帰らぬ人となった。帰路、父の乗った列車が、線路上に横転していた機関車と激突したのだ。

あまりに突然なことに現実が受け入れられず、通夜の席で呆然としていた光子の前に現れた銀行員は、相馬家三人の前に正座し、伯爵への融資金額について淡々と説明していく。

光子の父はフランス料理店を開くために、銀座に三階建ての洋館を建設中だったが、それが全て借入金でまかなわれていたというのだ。

——借金なんて……嘘《うそ》でしょう？

父は福山に戻ればいつも当主帰還と大歓迎され、東京では貴族院で活躍していた。パリ万国博覧会を観覧したことで、「和」の美しさを再認識し、この武家屋敷内に茶室を建て、そこで外国人の賓客をもてなすのを喜びとしていた。

そんな父が、嫁に行けなくなった光子を心配したのか、銀座に一流フランス料理店を開くと言い出したのだ。洋館の内装について光子に相談してくれたこともある。フランスかぶれの光子を元気づけようとしてくれていたように思う。

——そのために、お父さまが無理をなさっていたということ……？

『相馬秀文さまにおかれましては、こちらのフランス料理店の事業を継ぐ気はおありでしょうか？』

客間で、黒いスーツ姿の銀行員は秀文に書類を差し出した。

『ない』と、秀文がきっぱり答えたとき、銀行員の顔つきが変わった。

『では、直ちに工事を中止してください。ただし、取り壊す費用は融資できません』

そう言われ、慌てて『やはり継ぎます』と秀文が翻意しても、時すでに遅し。その場しのぎで言っているだけなのは、光子だけでなく、銀行員にも伝わっている。現在の融資金額の半分を一旦戻さないと、邸を差し押さえるとまで言われた。

御霊《みたま》を見守る場で何を言い出すのかと、母が静かに怒ったため、銀行員はそそくさと去った。

だが、憔悴《しょうすい》していた母はそれで力尽きたのか、そのまま寝込んでしまう。

——古賀のおじさまがご存命だったら、きっと飛んできてうまくことを運んでくださったのに。

そう思ってから、光子はぶんぶんと首を横に振った。

家老だとか江戸時代の関係で、煩わせずに済んでよかったのだ。

古賀伯爵は二ヶ月前、流行《はや》り病で他界していた。

家老であり盟友でもあった古賀伯爵を亡くして意気消沈していた父は、福山藩に発《た》つとき、古賀家先祖代々の墓参りもしてくると言っていた。まさかその帰りしなに命を落とすことになろうとは父自身、思ってもいなかっただろう。

今ごろ、あの世で古賀伯爵に『殿、ようこそお出《い》でになりました』と歓迎されているのか、それとも、『殿、まだ早すぎます』と追い返されそうになっているのか――。

ふたりの父を一気に亡くしたようで、光子の瞳から涙があふれ出す。

弔問客が帰ったあと、座卓を挟んで、光子は兄と向かい合う。

兄、秀文が深い溜《た》め息《いき》をついた。

『古賀伯爵がいれば……』

秀文も光子と同じことを思っていたようだ。古賀伯爵は元大蔵大臣で業界に顔が利いたので、生きていたら、通夜に銀行員が来るような沙汰にはならなかっただろう。

『今の古賀伯爵は忠兄さまだわ』

『だが、まだ襲爵していない。大戦も終わったし、親が亡くなったんだから、そろそろ爵位を継ぐために戻ってくるんじゃないかな。というか戻ってくれないと困る』

――こ、困るって……頼られて困るのは忠兄さまのほうだわ！

『どうしてご自分の力でなんとかしようと思われませんの？』

『じゃあ、この邸を明け渡すとでもいうのか。融資額の半分といっても大変な額だ。光子だって道楽でフランス語を習っている場合じゃなくなるぞ。そもそも、光子がフランスかぶれだから、父上はフランス料理店なんか開こうと思ったんだ』

痛いところを突かれた。

『でも……お父さまが遺《のこ》された館ですもの。どうにかして最後まで完成させますよね？』

『そんなの僕たちの力じゃ無理に決まっているだろう？　洋館を建てたら終わりってわけじゃない。レストランを開店したら借金が雪だるま式に増えるのがオチだ。忠士くんに頼らないって言うんなら、取り壊しだよ。土地を売り払って借金返済にあてるしかない』

――またしても、『忠士くん』。

『少しはお父さまの事業を成功させようとか、そういう気概をお持ちあそばせ！』

光子は怒って邸を飛び出す。

当時はまだ運転手がいたので、華族女学校のときからの親友、信子の桜小路侯爵邸へと車を出してもらう。

桜小路邸は、相馬家の武家屋敷とは違い、西洋のお姫さまが住むような洋館である。正面に張り出したアーチ状の車回しに着くなり、信子が玄関から飛び出してきた。

『このたびはお父さまのこと……本当にご愁傷さまでしたわ。私で何かできることがあったら、なんでもおっしゃってね』

信子の大きな瞳に涙がたたえられている。

借金の話があまりに衝撃的で、光子は父の死を悲しむことすらできなくなっていた自分に気づく。

――いけない……こんなところで。

優しさが身に沁みて、涙が零《こぼ》れそうになった。

信子が背に手を回してくる。

『こんなところで立ち話もなんですから、私のお部屋にいらっしゃって』

信子の部屋は、壁紙は薔薇《ばら》模様で、家具は西欧から取り寄せた優雅なもの揃いである。飾ってある人形や置き物も、彼女の審美眼にかなった美しいものばかりだ。

座面がふかふかの肘掛け椅子に座ると、装飾の凝った一本脚の丸テーブルに、白鳥を模《かたど》った焼き菓子と紅茶のポットとカップを侍女が置いてくれた。

侍女が去ってから、光子は身の上話を始める。

『信さま、実は、父が新しい事業のために巨額の融資を受けていて……。でも、お恥ずかしながら、兄は大学を出たのに毎日邸にこもって小説を書いているので信用も何もないでしょう？　私、フランス愛好会をやめることになりそうなの』

フランス大使夫人が、フランス愛好会と称して、フランス贔屓《びいき》の女性を集めて、フランス料理をふるまい、フランス語を教えてくれる会を開いていて、光子は信子とともに毎週参加していた。

『光の君、お父さまを亡くされたうえに、そんな悩みまで抱えることになるなんて……』

信子が立ち上がって光子のところまで来て頭を抱きしめてくれた。光子を光の君と呼ぶのは信子だけだ。

その瞬間、今まで堰《せ》き止めていた気持ちがこみあげてくる。それは涙となって、光子の瞳から流れ落ちた。

『信さまは……き、きっとっ……馬鹿にっ……したりしないって……思って、た……』

『当たり前よ。私たち、親友でしょう？　よろしかったら当面必要な金額をお渡しするわ。光の君のいないフランス愛好会なんて、火の消えた蠟燭《ろうそく》のようなものよ。ともに参加できないなんて絶対いや。女学校のときから、いつでも私たちいっしょだったでしょう？』

光子は感傷を振り払い、慌てて顔を上げる。

『待って。そんなことをしてもらったら、もう友情が成り立たなくなってしまうわ。それに、そのお金は信さまのお父さまのお金よ』

そう言ってから光子は、はっとした。父親が亡くなったので、相馬伯爵家の家長は兄で、財産も邸も全て兄のものだ。光子には自分のお金がない。欲しければ兄に頼むしかない。文豪になるとか言って、部屋に引きこもって駄文を綴《つづ》る兄に――。

――小説を書きたいじゃなくて、文豪になりたいって言っている時点で終わっているわ。

光子は急に絶望的な気持ちになった。

少しでもいいから、自分の、自分だけのお金が欲しい。

——お金のことなんて考えたことなかったのに……。

もう光子は以前の光子ではなくなった。いや、以前のままでいられるはずがない。そんなことを思って愕然《がくぜん》としていると、信子が心配げに顔をのぞき込んでくる。

『光の君？　もしかして私、不躾《ぶしつけ》なことを言ってしまったのかしら』

『いいえ、信さま。私、現実を見ることにしたわ。私、働く。そうよ、働くわ。飲食業について知りたいから、どこかの料理店で働けないものかしら』

——そうしたら、父が遺そうとした店を守るために必要なことが見えてくるかも。

『料理店で？　光の君が給仕をするとでも？　そんな庶民みたいなことを？』

『確かに、私が相馬伯爵家の娘だとわかったら醜聞よね。ばれずに働く方法はないかしら』

その瞬間、何かひらめいたようで、信子が急に目を瞠《みは》った。

『そういえば……うちの書生《しょせい》が話していたのだけれど、日本橋《にほんばし》にある〈みますや〉っていう洋食店が給仕を募集しているそうよ。お父さまが目指されていたような本場のフランス料理ではなくて、コロッケやオムライスが人気の店だけれど。物珍しさで時々外国人が来るものだから、英語、フランス語を話せる見目麗しい青年を募集中なんですって。光の君ほど適任な方はいないわ』

『え？　適任？　でも、求めているのは青年でしょう？』

信子の意図をはかりかねて、光子は聞き返した。

『慈善演劇会での、光の君の光源氏、凛々しくて、とても素敵でしたもの』

そう言ったときの信子の頰は上気していたが、光子はそんなことに気づくわけもなく、ただ、その発想に驚き入る。

『え、でも……男装したとしても、光の君に改名するわけにもいかないし……』

『履歴書なら、うちの書生の経歴をお使いなさいな』

持つべきものは友。その日のうちに信子は、吉田茂吉《よしだもきち》という書生の履歴書を用意し、フランス遊学中の兄のお古を融通してくれた。

もらった服を包んだ風呂敷袋を抱えて、光子は車で自邸に戻る。

――本当に雇ってもらえたりするのかしら。

そんなことでドキドキしているうちは、光子はまだ、お金がないというのはどういうことかわかっていなかった。

早々に、車は売り払われ、運転手は解雇される。

兄に問いただすと、売れるものは売って融資の半分を返す戦法に出たとのことだった。

だが、こんな時間稼ぎをしても、根本的なことは全く解決していない。洋館は未完成のままで、工事を再開しようにも、取り壊そうにも、さらに資金が必要だ。

使用人のほとんどは福山に戻ってしまったが、家令と、福山藩時代から料理長を代々務めてきた近藤《こんどう》家の十四代料理長と、あと数人だけが残ってくれた。

料理長の近藤は、国内外の要人からその独創的な和食を絶賛されたものだが、彼が腕前を披露できるような晩餐会も園遊会も当分、いや、もしかしたら永遠に開かれることはない。

だが、不満のひとつも漏らさず、近藤は一日三食、質素な和食を用意してくれた。彼が作ると、ただの味噌汁《みそしる》でさえとてもおいしいのはさすがだ。

しかも近藤は庭の手入れまでやってくれていた。

――まだ三十歳なのに、忠義心でこんなことまでやらせて、悪いわ。

とはいえ、彼が残ってくれたのは涙が出るほどありがたかった。なので、光子は、お礼に、着物を売って得たお金を渡そうとしたが、受け取ろうとしない。彼は今も旧福山藩の料理長としての矜持《きょうじ》を失っていないのだ。

そうなると、彼らの月給ぐらいある会費を払ってまで、フランス愛好会に参加したいなどとは思えなくなる。

――あぁ、楽しかったなぁ。

光子や信子など、若い女性は会の準備を手伝うという名目で、開始時刻より先に訪れた。そうすれば、夫人の絶品フランス家庭料理の作り方を学べるからだ。

――当分参加できないって伝えに行かないと。

そう思って出かけようとして車がないことを思い出した。使用人に自転車を借りる。

――これはこれで、風が気持ちいいわ。

道に迷いながら、自転車を一時間ほど漕いだら飯田《いいだ》町の大使邸に着いた。自転車で来たなんて恥ずかしくて、少し離れたところに停《と》める。

【あら、ミツコ。今日は、パーティーはないわよ】

陽気な大使夫人は、フランス語でそんな冗談を言って迎え入れてくれた。

会費が払えないなんて理由は惨めすぎるので、家の都合で通えなくなったとだけ伝える。父親が亡くなったこともあり、言わずとも夫人は察してくれたようだ。また時間ができれば参加してほしいとまで言ってもらえて、光子は泣きそうになった。

そのあと、本当に泣きたくなるようなことが起こる。停めていた自転車がなくなっていたのだ。

――泣きっ面に蜂ってこういうことかしら。

仕方ないので、徒歩と電車で帰る。着物を売って得たお金を使用人に渡し、新しい自転車を買うよう頼んだ。

――お金がないって本当に辛い……。

翌日になると、光子は再び着物を売りに行った。

骨董品《こっとうひん》などは兄が売り払ってしまったが、光子のものには手を出していないのだ。着物問屋で得たお金を握りしめて銀座の理髪店に行き、断髪してもらう。モダンガールと言うには短すぎる髪型で、理容師が何度も、この長さで大丈夫なのかと確認してきた。

——これで、いよいよ、お嫁に行けなくなるわ！

うなじに秋風が当たり、すぅすぅして気持ちいい。髪が軽くなって、心も軽くなった光子だが、寝込んだままの母を心配させたくないので、邸の中ではかつらをかぶることにした。


面接の日、光子は桜小路邸で、信子に最終チェックを受けた。化粧で眉をきりっと描いてもらえば、中性的な顔立ちの青年に見えないことはない。

『光の君は目が大きいから、少し目を細めたら、すっごくかっこいいわ』

『こ、こう？』

光子が双眸《そうぼう》を細めると、信子がまぶしそうに目を瞬《しばたた》かせて光子を見てくる。

『素敵、素敵。こんな美形、なかなかいないわ。絶対に採用よ！　このジャケットを片方の肩にかけてくださるかしら？』

『こ、こう？』

光子が、渡されたジャケットの上衿《うわえり》を片手で持って肩にかけると、信子がその大きな目を見開いたまま固まった。しばらくして放心したようにこうつぶやく。

『私、ずうっと、光の君に、もう一度男装してほしいって思っていたの』

信子は光子と同い年なのに今でも夢見る少女だ。

光子も父を亡くす前はそうだったように思う。ふたりともフランス愛好会でフランス文学について語ったり、大国劇場にオペラを観に行ったりして異国の文化に憧れていた。

信子は男装する少女が登場する小説を特に好むので、今こんなに興奮しているのだろう。

実際、光子が洋食店で働くようになると、しばしば信子が顔を出してくれた。男装姿を見たいだけだろうが、まるで見守ってくれているようで光子は心強く感じたものだ。


四十九日が終わったあと、秀文が珍しく真面目《まじめ》な顔をして光子の部屋にやって来た。

締め切りが終わったとか言っていたので、ようやく俗世間のことに目を向けるようになってくれたのかと期待して光子は部屋に招き入れ、小さなテーブルに着いて兄と向かい合う。

秀文の提案は衝撃的な内容だった。

『銀座の洋館は取り壊すことにしたよ』

『ご冗談でしょう？　お父さまが遺されたのに？　どのみち取り壊すための資金がないからできないはずですわ』

『父上が遺された葉山《はやま》の別荘や古美術品を売って、やっと捻出できたよ』

『別荘をお売りになったんですの？』

葉山の別荘には、父親との思い出がたくさん詰まっている。初めて泳いだのも、馬に乗ったのも、テニスをしたのも、夏休みをかの地で過ごしたときのことだ。

――私がフランス料理のことばかり話さなければ……。

そうしたら、父は料理店を開業しようと無理に借金などしなかっただろうに――。

『僕だって売りたくなかったよ。でも、仕方ないだろう。忠士くんもいないし』

――また出た、〝忠士くん〟。

このままでは、兄は忠士に借金の肩代わりを頼みかねない。

――私……どうしたらいいの？

窓の外を見やる。こんな暑い日も、青空を映した池と新緑は涼しさを感じさせてくれた。この日本庭園こそ、父が生涯かけて築いた芸術品である。この邸だけは売り払うわけにはいかない。

そのとき窓に映った自身の顔が目に入る。

――これだわ！　いえ、もうこれしかないんだわ……。

光子は腹をくくった。

『お兄さま、まだこの家には売れるものがありますわよ』

秀文が一瞬怯《おび》えたようになったので、光子の目は据わっていたのかもしれない。

『何を売るっていうんだ？』

『私です』

秀文が急に慌てた様子になった。

『光子、それはまずいよ』

『何がまずいんです』

『……なら、光子が忠士くんと結婚すればいい。そうしたら、全て丸く収まる』

光子は頭がくらっとした。家老なら借金まみれの姫をもらってくれるという算段なのか。

『そういうふうに、なんでもかんでも忠兄さまに頼ろうとするなら、私、絶対、すぐにお金持ちを見つけてきて結婚します。婚約解消の過去があっても平民の方なら、伯爵令嬢を娶《めと》る代わりに金銭援助をしてくださる方、きっといますわ』

秀文の瞳が動揺の色を濃くした。

『光子は……それで……いいのか？』

『忠兄さまに頼るよりかは、ずっといいです！』


そして今、なぜ光子が兄とともに中山男爵家の園遊会に参加しているのかというと、お金で男爵位を買ったばかりの中山家の長男との婚約が決まり、園遊会に招かれたからだ。

この婚約は、光子が家令と進めたのだが、兄はなぜか、ことあるごとに先延ばしにしようとしてきた。お見合いの席に出たくないと駄々をこねるので、中山家の面々を自邸に呼び、不意打ちの形で兄をお見合いの席に引きずり込んだぐらいだ。

中山男爵は伯爵家との縁組に大喜びで、借金を返済して、さらには銀座の洋館まで完成させられるぐらいの金額を援助すると約束してくれた。一方、二十四歳の息子のほうは、光子との結婚に乗り気でなく、光子としては気まずいような申し訳ないような気持ちだ。

——好きな女性のひとりもいたでしょうに。

とはいえ、園遊会のあまりの趣味の悪さに、来なければよかったと今、猛烈に後悔しているところだ。だが、光子とて着物姿とちぐはぐの短すぎる髪型をしていて、人のことは言えない。

赤い布がかけられた長椅子に兄と並んで座っていると、そこに中山男爵が腹をゆさゆさ揺らしながら燕尾服《えんびふく》を着た男たちと、ひょろひょろと背だけ高い息子を連れてやって来た。

「相馬伯爵、光子さん、ようこそ我が邸にいらっしゃいました」

光子は気が乗らないとはいえ、なんとか腰を上げる。秀文も力なく立ち上がった。

そのとき、背後から、芸者たちの黄色い声が上がった。今度は一円札で作った紙飛行機でも飛ばし始めたのだろうか。

男爵が取り巻きの男たちを見渡して、こんなことを言い出す。

「皆、婚約発表のために集まってくれてありがとう。こちらが我が息子の婚約者、相馬伯爵家の光子さんだ」

――婚約発表!?

この場でなんて全く聞いていない。それならそれで、光子たちに事前に伝えるのが筋というものだ。

ガハハと豪快に笑って男爵が、毛の生えた丸々とした手を伸ばしてくる。その背後で息子がうんざりしたような表情をしていた。結婚するのは息子のほうなのに、ものすごく違和感のある構図だ。

――男爵、なんだかいやらしい感じがするわ……。

彼の手が光子の肩に触れそうなところまで近づいてきて、ぞわっと背筋を凍らせた瞬間、彼の手首がほかの男の手によってつかまれ、制止される。

「光子さんはすでに私と婚約しています。日本を離れていたばかりに、こんなことに……」

そのとき、光子と男爵の間に割り入ったのは――古賀忠士だった。

最後に会った三年前より、一段と精悍になった。だが、緑や黄色、橙、茶、いろんな色が混ざり合った、はしばみ色の瞳はそのままだ――。

そこでやっと気づく。さっき黄色い声が上がった原因はこれだ。

「なんでまた異人がここに？」

中山男爵の怪訝《けげん》そうな声が耳に入ってきた。

「日本人です。古賀忠士と申します」

「忠士くん……いつ帰国したんだ？」

驚く秀文に忠士が顔を向ける。

「今、まさに今ですよ。なかなか帰国を許してもらえなくて……ですが、あらゆる策を弄《ろう》して戻ってきた次第。あとは全て、この古賀にお任せください」

何が起こったかわからず、光子がぽかんとしていると、彼が背を屈めて耳打ちしてくる。

「しばらく、話を合わせてくださいい」

——え？　どういう話？

忠士が光子の肩を抱いて、ぐいっと自身のほうに力強く引き寄せる。光子の頭が忠士のしっかりとした体躯に触れて、その部分が妙に意識された。

「私たちは結婚の約束をしていたのですが、それを唯一ご存じだった光子さんのお父上がお亡くなりになったことで行き違いが生じたようで、中山男爵にはご迷惑をおかけしました」

「光子さん、それは本当なのか？」

男爵に問われて光子が動揺していると、忠士が肩に置いた手の指でとんとんしてくる。

——話を合わせるって、このこと？

ちょうど男爵の下心に気づいたところなので、光子はとりあえず合わせることにした。

「父が亡くなった今も、忠士さまが私と結婚の意思を持ったままでいてくださるのか自信がなかったものですから……私、忠士さまの名を出せなかったんです」

光子はすごい勢いでハンカチーフを取り出して両目を覆った。忠士の苦しげな声が頭上から降ってくる。

「そんなことを気にしていたなんて……お父上を亡くしたうえに、なんて不憫な。一刻も早く結婚しましょう！」

驚いて光子が顔を上げると、忠士が熱い視線を向けてきた。

――忠兄さまって、演技派だったのね。

「忠士さま！」

光子は潤んだ瞳で忠士を見つめた。忠士のことが本当に好きだから、これは演技ではない。忠士が目の前に存在しているだけでも信じられないのに、一時の嘘だとしても結婚しようと言ってもらえるなんて夢のようだ。

中山男爵が睨《にら》みつけてくる。

「うちの息子になんという無礼な！　融資の話も全て白紙でお願いしますよ」

そう吐き捨てて去っていったが、息子のほうは困ったように微笑んで会釈してから父親に続いた。

その安堵《あんど》の表情を見て、光子は、男爵が息子の名を借りて自身の欲望を満たそうとしていたのかもしれないと改めて思い、ぶるりと背筋を震わせた。

「いや〜、忠士くんが帰ってきてくれて助かるよ。これでようやく執筆に専念できる」

上機嫌な兄の声に、光子は急に我に返る。

――忠兄さまに頼るのだけはいやだったのに！

幼いころ勘違いして威張っていた自分が、成金男爵家に嫁ごうとするぐらい没落してしまったところを見られた挙句、こうして助け出されるなんて、恥の上塗りもいいところだ。

そのとき、秋風が吹いて、うなじがひんやりした。

――そういえば……髪だって……。

光子はうなじに手を置く。男のような髪型というか、男に見えるような短さにしている。

――忠兄さまに見られるなんて。

ある意味、忠士は最悪のタイミングで現れた。

「もう、ここにいる必要はないでしょう。お邸までお送りしますよ」

忠士が周りを見渡しながら、そう言って歩き出す。

すると、周囲の女性たちの視線が一斉に忠士に集中した。

社交界の誰よりも上背があって目立つのもあるが、映画スタア顔負けの外見である。

若い淑女からご夫人まで、忠士を見つめて頰を赤らめている。中には忠士に視線を向けたまま、女性同士でひそひそ話を始める者もいた。

異質な外見を隠そうと内気になっていた少年は、いつの間にか、自信に満ちあふれ、その特異性ゆえに人々を惹きつける青年に変わっていた。

――特に女性を惹きつける力は、えげつないほどね。

光子は兄と忠士とともに相馬邸へとタクシーで帰る。忠士は横浜港《よこはま》から駆けつけたそうで、港へ迎えに来た運転手に荷物だけ託して、本人は列車とタクシーを使って、中山邸まで来たそうだ。

邸に戻ると、銀行員に渡された書類を全て見せるよう忠士に言われ、秀文は、家令に書斎まで持ってこさせる。この部屋は父の生前のままの状態で、書斎机の前に歓談用のソファーとテーブルがあった。

「忠士くん、助かるよ。古賀家は金融関係に強いだろう？」

秀文は忠士に丸投げする気満々だった。

テーブルに広げた書類を立ったまま一枚一枚見ていく忠士を、光子は腰を下ろすことなく、ソファーの横に立って見守る。というか、見守っている体《てい》にしているだけで、実際は忠士がかっこよすぎて書類どころではない。

――こんな邪《よこしま》な目で見るなんて……、お兄さまといい勝負だわ。

ソファーに座る秀文が忠士を見上げる。

「父が多額の融資を受けられたのは、古賀伯爵のコネなんじゃないかな。だから、忠士くんが光子をもらって借金を肩代わりしてくれるのが道理に合っていると思わないか」

――最悪！

光子は卒倒しそうになったが、なんとか歯を食いしばって反論する。

「お父さまが古賀のおじさまに頼んだに決まっているでしょう？　それを忠兄さまに押しつけるなんて！　ご自分で家を支えようって気はないんですか!?　二十八歳なんだから、お父さまのように貴族院議員にだってなれる年齢でしょう!?」

「うちは伯爵だから、自動的に議員になれるわけじゃないんだよ。互選とか面倒だろう？」

「お兄さまは逃げてばっかり！」

そこに忠士が割って入り、座ったままの秀文に語りかける。

「もしかして、貴族院を舞台にした小説を書けるのは、〝殿〟しかいらっしゃらないのではないですか？」

秀文がはっとした顔をしている。

忠士が秀文を殿と呼んだ。

「確かに……」

――殿転がしがうまいのは父親譲りかしら……。

だが、これで秀文が少しでも仕事をする気になってくれれば、ありがたい限りだ。

光子は加勢する。

「そうですわ。貴族院議員になって、お兄さまがこの家を支えるべきです。いつまでも古賀家に甘えていては、忠兄さまに悪いですわ」

忠士が振り返って光子のほうに踏み出す。脚が長く、一歩で目の前まで来た。背が高いので、光子は見上げてしまう。

「悪いなどと感じる必要は全くありません。お姫《ひい》さまのお心次第です」

忠士が光子の手を取ってくる。骨ばった大きな手を直《じか》に感じただけで胸が高鳴るというのに、彼はすっと躰《からだ》を下げてかしずき、手の甲に接吻《キス》を落としてくるではないか。

「私と結婚してくださいますか？」

熱のこもった眼差しで見上げられて、光子は心臓の鼓動が忠士にまで聞こえてしまうのではないかというぐらい、ドキドキが止まらなくなっていた。

だが、興奮して声を上げたのは秀文のほうだ。

「おお！　さすがイギリス帰り！　今、女王にかしずく騎士の姿が目に浮かんだよ。いい！　すごくいいよ。いい小説が書ける気がしてきた。失礼する」

そう言って、秀文がくるりんと、ものすごい勢いで踵《きびす》を返して足早に去り、光子は忠士とふたりきりになる。

忠士が光子の手を取ったまま立ち上がった。

「騎士はこうやるんだって昔、姫さまが教えてくれましたね？」

——は……恥ずかしい！

「覚えてらっしゃったんですね……」

よりによって半分西欧の血が流れている忠士に、絵本で読んだ騎士の知識を得意げに披露していた幼い日の自分。穴がなくても埋めたくなる。

「姫さまがなさったことは全て覚えていますよ」

忠士が意味深な笑みを浮かべた。

「幼い娘がやったことです……。お忘れになってください」

「いいえ、絶対に忘れられない」

傷つけたほうは忘れられても、傷つけられたほうは往々にして忘れられないものだ。

「そうですよね……」

忠士は少年時代の二年間、里子の面倒を見るはめになった挙句、今、兄から借金込みで〝姫〟を押しつけられようとしている。

「求婚のお返事をいただけませんでしょうか？」

「兄に頼まれたからって無理なさらないでください」

「頼まれたというか、お膳立てしていただいたというか。姫さまが欲しいなんて、自発的にはおこがましくて口が裂けても言えませんからね」

忠士がよくわからない美徳を発動させた。凛々しい表情で堂々と言う内容だろうか。

光子が唖然としていると、「姫さまのお気持ちを教えてください」と、光子の手を両手で包《くる》んでくる。大きくて力強い手——。

——忠兄さまと結婚できたら、どんなにいいか。

だが、幼いころの狼藉《ろうぜき》と、今現在の借金を消せない限りは、そんなことは口にできない。

「それより、さっきは、ありがとうございました。息子さんと結婚するはずが……なんだかあの男爵、変でしたよね？」

忠士の眉間に深い皺《しわ》が刻まれた。正直、怖い。

——欧州で人を殺《あや》めてきたんじゃないかしら……この人。

「あの息子のほうならよかったとでも、おっしゃるんですか？」

地獄の底から響いてきたような昏い声だった。

「い、いえ……そういうわけでは……でも、借金があるから……仕方ないでしょう……？」

「古賀家のほうが、よほど資産がありますよ？」

「忠兄さまにお金を出していただくわけにはいきません。借金の形《かた》に成金に売られそうになっていると同情されたのかもしれませんが、誰に指図されたわけでもありません。この結婚は自分で決めたことなのです」

これが、光子の〝姫〟としてのなけなしの矜持だ。

忠士が困惑したような表情で光子を見下ろしている。

「……姫さまは、そんなに私と結婚したくないんですか？」

「そんなことは……。忠兄さまと結婚したくない女性なんていませんわ」

「私が聞きたいのは一般論ではなく、姫さまが私と結婚したいかどうかということです」

「忠兄さまと私が結婚なんて……そんなこと、ありえません」

忠士にはもっとふさわしい女性がいる。

「……もしかして……覚えてないんですか？」

非難するように忠士が双眸を細めたので、光子は焦った。

「そんな！　私の所業は忘れていないつもりですわ！　……もしかして、数々の狼藉について責任を取れとおっしゃっていますの？」

「姫さまともあろうお方が、そんな卑屈なことをおっしゃるなんて……。姫さまを幸せにできるのは家老の家系である私だけです」

やはり、家老だった古賀家を継いだ者として、二回も婚約解消した傷ものの姫を捨てておけないのだ。

——それなら、私だって藩主の娘よ。

彼が自分の家臣なのだとしたら、社交界の寵児《ちょうじ》である忠士に、評判の悪い没落令嬢と結婚させるわけにはいかない。

あの園遊会のことが噂《うわさ》に上り、婚約解消の醜聞について雑誌でおもしろおかしく書きたてられるのは目に見えている。華族の娘が婚約発表の場で破談だなんて恰好の話題だ。

「もう私のことはお忘れになってください」

忠士が、しばらく何か考えるように宙を見たあと、片方だけ口角を上げてこんなことを言ってくる。

「さっきも申し上げたでしょう？　忘れることなんてできないって。ただ、〝数々の狼藉〟について、責任を取っていただかないといけませんよね？　姫さま」

そのとき、光子はようやく合点がいった。

――忠兄さまにとって、私との結婚には二重の意味があるんだわ！

藩主の家を家老として救うことと、幼いころ女王然とふるまった姫への仕返し――。

そう考えれば、忠士の言動全てに納得がいく。だが、結婚は一生のことだ。そんな目的に使っていいものだろうか。

――愛する人と結婚したほうがいいと思うのは少女小説の読みすぎかしら。

忠士が、握った手に力をこめてきた。

「さあ、おっしゃってください。私と結婚したいと」

忠士の瞳が蠱惑《こわく》的に輝いている。その何色ともいえない瞳が光子を捕らえた。目が離せなくなる。

操られるように口が勝手に動いた。

「結婚……したいです。忠兄さまと……」

「そうですか。では、ご命令通りに」

満足げに微笑んだあと、忠士が光子に顔を近づけてくる。

――も、もしかして接吻!?

あともう少しで唇が触れるというところまできて光子が目を瞑《つむ》ると、忠士が「おっといけない」と、顔を退《ひ》いた。

「唇は許されませんよね?」

確かに今までの婚約者とはくちづけしたことがないが、ここまで顔を近づけておいて何を言い出すのか。

「え……あの?」

戸惑う光子に、忠士がニッと口の端を上げてこう言ってくる。

「姫さまが望まれるなら話は別ですが」

「の……望んでなんかいません!」

本当は望んでいるような気がするが、未婚の淑女としてはこう答えるほかなかった。

「でも……このくらいなら、いいでしょう?」

忠士が少し背を屈めて光子の手を持ち上げた。再び手の甲にくちづけるのかと思いきや、指先をぱくっと咥《くわ》えてきた。

「え?」

光子は驚いて手を引っ込めようとしたが、手首を固定されていて、びくっと手を跳ねさせただけで終わる。

忠士が光子を観察するように上目遣いで見てきた。野性味のある眼差しを向けられ、頭の芯が痺《しび》れていく。

中指と薬指を口に含まれると、それだけで光子は全身の肌を甘く粟立《あわだ》ててしまう。

「姫さま、なんだか感じてらっしゃるように見受けられますが？」

濡《ぬ》れた指に息がかかる。そんな些細《ささい》なことで光子は躰を震わせた。

「そ……そんなこと……ない……です」

忠士が手から唇を離し、背を伸ばして見下ろしてくる。

「姫さま、顔が真っ赤ですよ？」

「え？　ええ？　だって、忠兄さまが……！」

忠士がクスッと余裕の笑みを浮かべた。

「もう婚約したのだから、兄さまは、ないのではありませんか？」

——婚約……したの、私？　まさか本当に、忠兄さまと婚約したっていうの!?

「た……忠……さま？」

「あぁ、これから楽しみですね。あのころみたいに、また楽しく遊びましょう」

そのときの笑顔があまりにきれいすぎて、光子は背をぞくぞくとさせる。それが恐怖からなのか悦《よろこ》びからなのか、光子にはまだわからなかった。

第二章　性格、変わりすぎじゃないですか？

——あれ、なんだったのかしら……。

光子はじっと手を見る。

指を咥えられたときの恍惚《こうこつ》とともに頭に浮かぶのは、艶めいたはしばみ色の瞳——。

光子がぞくっと震えたところで「吉田くん」と、シェフに呼ばれた。

「は、はい！」

——いけない。今の私は給仕の吉田茂吉なのに……。

前菜を盛りつけた皿をふたつ出され、信子は慌てて鉄製の盆にのせて客席へと向かう。

婚約してお金の心配がなくなったのに、光子が今も洋食店『みますや』で男装して給仕をしているのは、ひとえにこの仕事が楽しいからだ。

料理を出すときにちゃんと客に説明できるよう、シェフが食材や調理法について教えてくれる。光子は英仏語で説明することができるので、外国人が来店したときは重宝された。

華族として礼儀作法は幼いころから厳しくしつけられており、身のこなしが優雅だと褒められるし、まだ一ヶ月なのに、光子を気に入って通ってくれる女性客が何人かいる。

ここで仕事をしていると、自分の力でフランス料理店が開けたら、どんなに素敵かと思ってしまう。

——もちろん、銀座の料理店は私の力では無理だろうけど……。

父親が建てた館でなくても、料理店をやろうとした父の遺志は継げるのではないか。

光子は、そんなふうに考えるようになっていた。


そんなある日、信子が兄の博貴《ひろたか》と連れ立って、客として店に来てくれた。

ほかの客の目があるので、光子は友人としてではなく、あくまで給仕として配膳し、料理について説明する。

「カニとクリームがたっぷり入ったコロッケです。熱いので注意してお召し上がりください」

すると、信子が小声で囁いてくる。

「お店が終わったら、うちに遊びにいらっしゃいな。兄は初等科で古賀伯爵と同級だったから、おもしろい話が聞けるかもよ」

信子の向かいに座る博貴に光子は目を向ける。女学校時代、桜小路家でちらっと見かけたことがあったが、ここ数年、フランスに留学していたので、会うのは久々である。

博貴は洋装の着こなしが洗練されていて欧米人のようだ。精悍《せいかん》な忠士とは違い、中性的で優しげな顔立ちをしている。その博貴が目を細めて優雅に微笑んだ。

「忠士から、お噂はかねがね」

——噂？

忠士は一体、博貴に何を話したのだろう。気になるが、給仕としてこれ以上ここに留まるわけにはいかない。

光子は平常心を心がけ、小さく礼をしてその場を去った。

仕事が終わると、人力車に乗って桜小路邸へと向かう。

桜小路邸に入ってすぐ右側にある豪奢な客間で、光子は長椅子に信子と並んで座った。向かいの椅子には博貴が着き、三人でワイングラスを傾けて昔話に花が咲く。

博貴が含意のある眼差しを向けてくる。

「忠士がイギリスから戻ったらしいね。彼はイギリス、いや、欧州で軍部や外務省に重宝されていたから、相当裏から手を回したんだろうな」

——忠兄さまってば、本当に仕事がおできになるんだわ。

「まあ。襲爵の必要があるのに、そうまでしないと戻れないものなのですね」

「襲爵のためだったら、もっと前に帰国していただろうし、一時帰国でなんとかなったんじゃないかな」

「でも、イギリスは船で五十日かかると聞きましたわ。一時帰国のために往復三ヶ月も船の上というわけにはいきませんでしょう？」

「まあね」

博貴がフランス人のように肩を竦《すく》め、グラスに口をつけた。

「博貴さまはフランスにいらしたんでしょう？　どんな料理店がお好きだったかお聞かせくださらないかしら。父は銀座でフランス料理店を開業しようとしていたのです」

博貴への問いに、信子が身を乗り出してくる。

「淑女だけのためのデザート店とか、プリンセスになれるケーキ屋さんとかどうかしら？　素敵な洋館を建設中なんでしょう？　そこで美生堂パーラーと張り合いましょうよ！」

「銀座でそんな店が開けたら、どんなに素敵かしらね」

だが、光子はもう諦めていた。幼いころ迷惑をかけた忠士に、あの館を完成させてほしい、ましてや店を開きたいなどと我儘を言えるわけがない。

「それなら婚約者殿に頼めば、すぐにかなえてくれるだろうに。お父上が着手された洋館で夢をかなえたらいい。忠士なら、フランスとの混血《ミックス》だし、フランス講和会議に参加するためにパリに長期滞在していたぐらいだから、伝手《つて》もいろいろあるだろう」

――フランス講和会議！

「そ、そんな歴史的な現場にも行かれていたのですね……」

「あれほどフランス語が上手で、外見的にも西洋人受けする日本人なんていないから」

——すごいわ、忠兄さま……！

そのとき、横から不穏な雰囲気を感じて顔を向けると、信子が険しい表情をしていた。

「光の君、古賀伯爵と婚約ってどういうことなの……？　聞いてないわ」

「ごめんなさい。でも、まだ正式に婚約してないから……だから伝えてなかったのよ。だって、伯爵に相馬家の借金を負わせたうえに、娘まで引き取らせるなんて、悪いでしょう？」

「そんなの悪くないわ。光の君と結婚できるなんて三国一の果報者よ！」

「そんなことを言ってくれるのは信さまだけよ。実は……恥ずかしくて言い出せなかったんだけど、身売り覚悟で成金の息子と結婚しようとしていて、その人とのことが雑誌の記事になるかもしれないの。もしかしたら古賀伯爵との婚約も込みで醜聞になるかもしれないわ」

「そんなにいろんなことがおありだったのね……。美しさゆえに、様々な殿方を惹きつけてしまう光の君……なんて、おいたわしい……！」

信子は泣き上戸なので、そのあと、おんおん泣き始めて大変なことになってしまった。


翌日、光子が給仕の合間に盆を拭いていると、同僚に「異人がひとりで来ているから、吉田、頼むよ」と声をかけられた。

この店は、日本人なら、社交の場として連れ立って来るが、外国人の場合、洋食を求めて来店するひとり客も珍しくない。

――とはいえ、欧州のどこの国の料理ともいえない、日本の洋食だけどね。

客席に向かうと、背の高い欧米人――と一瞬思ったが、近づくと忠士だった。

光子は給仕の顔に徹して、フランス語のメニュー表を差し出し、フランス語で告げる。

【お客さま、ようこそいらっしゃいました。よろしかったら、今日のメニューについてご説明さしあげますが、いかがいたしましょう？】

忠士が目を瞬かせた。

【これは驚きました。フランス人のような発音ができるのですね】

フランスに興味を持つきっかけをくれた忠士に認められて、光子はうれしくなる。

【ありがとうございます。ここにいらしたのは偶然ですか？】

【こんな偶然ありえませんよ。昨夜、相馬邸を訪ねたら、夜遅いのにいらっしゃらなかったから……。外泊することがあるようですね？】

光子を見上げる彼の目は据わっていて、咎《とが》めるような物言いだった。

【信さまの、桜小路邸に泊まっていただけです】

【それはもう調べがついています】

【えっ……調べたんですか？】

――感じ悪い……。

【私は参謀本部に勤めているんですよ？】

世の中のことは、なんでもお見通しと言わんばかりだ。

【博貴さまにお聞きになっただけでしょう？】

忠士が不愉快そうに目を眇《すが》めた。こんなに感じの悪い彼を見るのは初めてだ。

【あいつは遊び人だから近づかないでください。それより、私と婚約したのに、なぜ、今も生活費を稼ごうとなさっているのです？　借入金に関しては、私が引き受けることで話がついています。お兄さまにお小遣いを融通するよう伝えましょうか？】

【お金の問題ではなくて、私、この仕事が好きなんです】

【仕事？　相馬伯爵家の令嬢にして、古賀伯爵夫人となるお姫《ひい》さまが男のふりをして給仕することが？　給仕は水商売ですよ。しかも男装ときました。新聞も雑誌も華族の醜聞《スキャンダル》は大好物です。一刻も早くおやめください】

フランスの味を教えてくれた忠士に今の仕事を否定されて、光子は泣きたくなってくる。

そんな気持ちを吹っきって、仕事用の男らしい笑みを作った。

——目を細めれば凛々しくなるって信さまが言っていたわ。

【承りました。オードゥブルに、ビーフシチューに、ポークカツレツに、海老《えび》のコロッケに、オムライスに、赤ワインはクロ・デュ・ジョゲロン・ヌウですね】

食べきれないくらいたくさんメニューを並べ立ててやった。これ以上長話をしていたら、知り合いだと勘づかれてしまう。

光子の変わりように、忠士が呆気にとられていた。

だが、光子は取りつくろうことなく、何事もなかったように優雅に礼をしてくるりと踵を返す。いくら姫とはいえ、こんなに男勝りなら、面倒見きれないと思われたに違いない。

その刹那《せつな》、求婚してくれたときの熱のこもった眼差しを思い出し、胸がずきんと痛んだ。

忠士は本当に甘くて——苦い。

光子は頭を切り替え、その後も、給仕《プロ》に徹して配膳する。多すぎると文句を言いながらも、忠士は全て平らげた。

閉店して片づけが終わり、光子が勝手口から出ると、近くに高級外車が停まっている。

——もしかして……？

案の定、すぐに後部の扉が開き、忠士が出てきて光子の手を取った。

「来月、結婚しましょう。姫さまの手を荒らすようなことをさせるわけにはいきません」

ずっと思い続けてきた美しい男に結婚しようと言われて喜べないのは、フランスの魅力を教えてくれた彼に、今の仕事を否定されたからだ。

「手が荒れたとしても、それは不幸じゃないです。私、仕事が楽しいんです」

忠士が見つめたまま黙り込んでいたが、しばらくして、はーっと深い溜め息をついた。

「……今日は、私の邸に泊まっていただきます」

今の忠士は何かおかしい。口調こそいつものように丁寧だが、焦りを感じる。

「どうして、そんな勝手なことを?」

「桜小路家に泊まれても、婚約者の家には泊まれないとでもおっしゃるんですか?」

「だって、信さまは女性だけど……あなたは……!」

「そうです。私は男です。だからこそ、泊まっていただきます」

ぐいっと強引に手を引っ張られたかと思うと、肩を抱かれてそのまま車に連れ込まれる。

ばんっと勢いよく扉を閉めると、忠士が運転手にこう命じた。

「古賀邸へ」

なぜか運転席との間にカーテンがあり、「承りました」と、中年男性の声だけ聞こえた。

「いえ、相馬のほうにお願……」

「古賀だ」

そう言って言葉を遮ると、忠士がぐいっと抱き寄せ、唇を塞いでくる。

何が起こったかわからず、呆然としていたが、彼が舌で歯列をこじ開けようとしてきたものだから、光子は慌てて彼の肩を押す。だが、手首をつかまれ、唇は押しつけられたままだ。顔を左右に振って唇を外すと、手で顎を固定され、再び口を覆われ、ぬるりと肉厚なものが入り込んできた。

——嘘ー!

忠士の舌が生きもののように、光子の口内を這《は》い回っている。

息を継ごうとしたら、なぜか喉奥から声が漏れた。だんだん躰から力が抜けていき、彼を押しのけようとしていた手はいつしか、だらんと力なく垂れた。

忠士が一旦、唇を離す。

その瞳が切なげで、光子はきゅんと胸が締めつけられる。呆然と彼を見つめていると、忠士が顔を傾け、違う角度で唇を寄せてくる。

「……んっ」

今度はさっきのように性急に奥まで舌で埋めつくすようなことはせず、光子の舌に舌をからめてきた。光子が薄目を開けると、忠士は半眼で、光子を観察するように眺めている。あまりの近さにいたたまれなくなり、光子はぎゅうっと強く目を閉じた。

そのとき車が停まる。

「……お邸に着きましたが、いかがしましょうか？」

おずおずとした口調の運転手の声が耳に入り、光子は急に恥ずかしくなる。

忠士が車の中でこんな破廉恥《はれんち》なことをするとは思ってもいなかった。そういう自分だって、碌《ろく》に抵抗していない。

運転手との間にはカーテンが引いてあるとはいえ、急に声がしなくなったことで、後部座席で何が起こっているか察していたことだろう。

ようやく忠士が唇を離した。

ふたりの間を透明な糸が繋《つな》いでいたが、やがて途切れる。その間も忠士はまるで運転手の言葉が耳に入らなかったように半ば瞼《まぶた》を閉じ、酩酊《めいてい》したような表情で光子を眺めていた。

「あの、忠兄……忠さま？　どうしてこんなことを？」

忠士が急に自身の口を手で押さえた。

「姫さま……申し訳ありません。出すぎた真似をしてしまいました」

――強引にあんなことをしておいて、今さら謝るの？

急に家老の霊でも乗り移ったのだろうか。

「あの……私、帰るので、人力車を呼んでくださいませんこと？」

とたん、忠士が不服そうな表情になり、光子の手をつかんだ。

「夜遅くに人力車なんか使ったら危険です。姫さま付きの運転手と車を近々手配します」

――今晩は用意する気はないということね。

「母や兄には内緒で仕事をしているから、車があっても使いませんわ」

そのとき運転手が外からノックしてきた。忠士がうなずきで返すと、ドアが開かれる。

そこには光子が過ごしたころと変わらない重厚なレンガ造りの玄関があった。

――懐かしい……。

当時は、古賀伯爵が存命で、忠士がいつもそばにいてくれた。

「この邸、久々でしょう？　あのころのように、ここが姫さまの家になるんですよ」

忠士に手を引かれ、光子は車外に出る。

玄関の扉が開くと、まっすぐに延びる回廊が見えた。クリスタルのシャンデリアがふかふかの赤絨毯を照らしている。

『姫、お帰りなさい』

そう優しく声をかけてくれた古賀の父はもういない。

光子は忠士を見上げる。

「あのころのまま……。でも、ここには古賀のおじさまがいらっしゃらないんですのね」

そして、古賀伯爵と楽しそうに話す父親の姿も、もう見ることはない。光子は涙が出そうになって、きゅっと唇を引き結んで耐えた。

「姫さま、今は私が古賀伯爵です。そうやって……時代は回ってきて、私たちはここに生きていきます。そうでしょう？　姫さま」

忠士が励ますように両手で光子の手を握ってくる。

「忠さま……」

光子は自邸に帰りたいなどと言う気をなくしていた。この邸がもともと光子の家だったようにさえ思える。光子はつくづく、自分にとって幼いとき、ここで過ごした日々は宝物だったと思い知る。

「姫さま、見違えましたた！」

年配の男性の声がして見上げれば、あのころより少し老《ふ》けた家令が立っている。

——武《たけ》じい！

当時まだ中年だったろうに、六歳の光子は、この大きな邸を取り仕切る家令にこんなあだ名をつけていたのだ。頭に白髪が目立つようになり、今でこそ老年にさしかかっているが、眼差しや所作は、衰えていないどころか威厳さえ感じさせる。

「武田《たけだ》さん、その節は、武じいなんてお呼びして失礼いたしましたわ」

「いえいえ、武じいは本当にじいじになったので、今こそ武じいとお呼びください」

忠士が屈んで耳打ちしてくる。

「武田は、つい先日、孫が生まれたんです」

「まあ。それはおめでたいことですわ」

亡くなる者もいれば、生まれる者もいる。そうやって世界は続いてきたのだ。

玄関を上がり、回廊を進む。この館は光子の一部のようなものだ。どこにどんな居室があるのか、どんな家具があるのか、隠れるのにいい場所はどこか、全て頭に入っている。

階段の下にある小さな部屋には今も大きな姿見がある。故古賀伯爵から海外土産《みやげ》で洋服をもらったとき、身に着けてここでくるくる回って、忠士の褒め言葉を待ったものだ。

だが、今、その鏡に映った光子は男もののシャツに黒いズボンをサスペンダーで吊るすという書生の恰好をしていた。しかも短髪で、眉毛ももっさり太めに描いたままだ。

こんな男みたいな女とよく接吻などできたものである。

——家老として支えたいだけだから、姫の姿かたちなんてどうでもいいんだわ……。

サムライの忠義心、恐るべしである。

そう思うと、あの接吻が義務的になされたようで、光子は急に惨めになる。ハンカチーフを取り出し、とりあえず眉毛をこすって眉墨を落とした。

「どうぞ、こちらへ」

忠士が階上を手で差し示すので、光子が階段を上ると、忠士がついてくる。

——男性の恰好をしているのに、レディーファーストしてくれるのね。

「もう姫さまの居室を用意しているんですよ」

「も、もう？」

再会したのも婚約したのも、つい先日のことだ。

「家具は全て、ロンドンの王室御用達《ごようたし》の店であつらえたんです」

もともと結婚する予定があったかのような用意周到さだ。

「あちらの居室です」

忠士が指差したのは彼の継母の居室だった夫人室である。

「……お継母《かあ》さまは？」

「父が亡くなった時点で、実家に戻ってもらいました」

そのときの忠士の表情が冷淡で、光子はぞっとする。

「ご実家に……？　この邸に、おじさまとの思い出がおありでしょうに……」

「父との思い出の品も、遺産もちゃんと遺言通りに継母《はは》に渡しています。今は私が当主ですから」

忠士が不遜に言い切ったものだから、光子は啞然としてしまう。

この男《ひと》は本当に、いつもにこにこしていた〝忠兄さま〟だろうか。

「この居室だけは一から変えました。姫さまは薔薇がお好きでしたでしょう？」

忠士自らノッカーを手に取り、大きな扉をがっと開けた。

外国の写真から抜け出したような居室が目に飛び込んでくる。

カーテンや壁、椅子の座面など、全体的に落ち着いたピンクで統一されていて、カーテンと壁紙は銀とも黄金とも見える色で薔薇が紋様となって描かれている。家具は化粧台も長椅子も優雅なフォルムで、木材は重厚な鳶色《とびいろ》だ。これが王室御用達というものだろうか。

「こんな素敵なお部屋、初めて見ましたわ……」

光子が嘆声を漏らすと、忠士が腰に手を回し、ぐいっと抱き寄せてくる。

「この部屋に姫さまがいらっしゃるなんて……」

忠士が瞼を半ばまで下ろし、見つめてきた。妙に色っぽい。

――こういうの、流し目って言うのかしら……。

「ちょ、ちょっと待ってください」

「何？」

「あの……私、そろそろ帰ります」

とたん、忠士の眉間に皺が寄った。

「どうして？」

「どうしてって……婚前に殿方のお邸に泊まるわけには……」

「婚前だからこそですよ」

忠士が光子をいとも軽々と抱き上げ、隣室へと足早に歩いていく。

――嘘でしょう？　隣の部屋といえば……！

光子を横抱きにしたまま、忠士が開けた扉の向こうは寝室だった。

「忠さま、まさか……私、ここには泊まれません！」

「いいえ。泊まっていただきます」

忠士が光子をベッドに仰向けで下ろし、左右に両膝を突いて逃さないとばかりに腰を挟んできた。性急に自身のスーツとヴェストを脱いで抛《ほう》ると、ボウタイに指を引っかけてゆるめる。

その所作がかっこよすぎて、光子は一瞬うっとりしてしまったが、慌てて上体を起こす。

貞操の危機を感じ、忠士のシャツの袖をつかんだ。

「忠さま、ここで暮らしていたとき、いろいろご迷惑をかけて悪かったと思っています。あのときのこと、謝りますから、今日は帰してください」

「迷惑？」

怪訝そうに言ったあと、忠士が何か考えているような顔になる。にやっと片方の口角を上げ、野性的な眼差しを向けてきた。

「申し訳ないと本当に思っているなら……これ以上……私を待たせてはいけませんよ」

たしなめるように言われ、光子はなぜかぞくっとする。恐怖ではなく、快感で——。

忠士は、言葉遣いは丁寧なのに、ときどき命令口調になる。

「こ……婚前交渉は……」

対して光子は消え入るような声でそうつぶやくのがせいぜいだった。光子の抵抗が弱まったのを感じ取ったのか、忠士が光子をそっと仰向けに倒す。やわらかなシーツに躰が沈んだ。

「もちろん、姫さまにそんな大それた真似はしません」

今、ベッドに組み敷いているこの状態は〝大それた真似〟に入らないのだろうか。

「なら、私を家に帰してください」

すると忠士がむっとした表情になる。

「数々の狼藉について、責任を取るんでしょう？」

脅し文句なのに、諭《さと》すように耳元で囁かれると、さっきのぞくっとした感触が再び湧き上がる。光子の口は知らずに半開きになっていて、彼の舌が難なく入り込んできた。

口内が彼の舌でいっぱいになった感覚に溺れそうになっていると、シャツの釦《ぼたん》を外されたものだから、光子はものすごい勢いで自身の襟をかき合わせ、首を振って唇を離す。

「な……何をなさるんです」

「姫さまが想像しているようなことはしません。少し気持ちよくしてさしあげるだけです」

忠士が悪魔的な笑みを浮かべている。

——誰……この人……？

だが、その笑みはとてつもなく美しく、光子は目が離せない。

「失礼します」

言葉遣いこそ丁寧だが、次に彼がしたことといったら、シャツを左右に引き裂いて釦を飛ばすことだった。

「な……何を？」

中に着ていた男ものの下着をめくられ、ささやかなふくらみが現れる。胸の先に生温かいものが触れた。彼が乳頭を口に含み、吸ってきたのだ。そうしながらも、もう片方の乳房の頂を指先でくすぐってくる。

「え？　嘘……、やめ……！」

——何これ……変……。変になる、私……。

忠士は、やめる気などないとばかりに、ちゅっ、ちゅっと音を立てて胸の頂をなぶってくる。視線を下ろせば、彼に強く吸われるたびに、胸のふくらみは引っ張られては盛り上がり、舌を押しつけられては潰されている。淫らに形を変える乳房の上で、彼の双眸が細まった。

切なそうでもあり、苦しそうでもある。

——苦しい？　そんなこと……ある？

じゅうっと、ひときわ強く吸われ、唇が離される。濡れた乳首は敏感になっていて、外気に当たっただけできゅっと摘まれたような快感が弾けた。

「顔は可愛《かわい》らしいままなのに……躰はすっかり大人におなりですね」

唇をつけられなかったほうの乳首を指先で転がされる。

「んっ」

——気持ちいぃ……。

忠士が片方の口角を上げる。

「ほら、もうひとつの蕾《つぼみ》も私のことを欲しがって尖《とが》ってきましたよ？」

——尖る？

触られたからといって、そんなふうに躰の一部が変化するなんてありえるだろうか。だが、シャンデリアの灯りに照らされたふたつの乳首はいつもよりぴんとして、その姿を誇示して

いるかのようだ。

――そんなの……気のせいだわ。

「あ……っ」

もう片方の乳首をべろりと舐め上げられた。乳房全体が上向きに引っ張られては戻り、小さく揺れる。口に含まれたと思ったら口内で舌を使ってなぶられた。

胸の芯から体全体へと快感が飛び火していく。なぜか腹の奥が熱く疼《うず》き始める。

――どうしてこんなところが？

はぁはぁと荒い呼吸を繰り返し、熱を逃そうとするが、彼の愛撫《あいぶ》に火勢《かせい》は増すばかりだ。

――どうしよう……これ以上高まったら……どうなるの……？

「……苦しそうですよ？　楽にしてさしあげましょうか？」

光子は、さっきから疼きを感じていた下腹に手を伸ばす。

「変なの……ここが……むずむずして、切ないような……このままでは私……ぁあ……忠さま……どうしたら楽になれるの？」

そのときの忠士の反応は意外なものだった。困ったような、だがうれしそうな、そんな複雑な表情になったのだ。

「姫さま……結婚したら根本から楽にしてさしあげられるんですが……今は……」

忠士が切羽詰まった声になっていた。

そんな声を聞かされたら、光子は手離しで自身の全てを彼にゆだねたくなってしまう。

「……忠……んんっ」

忠士が再び唇を重ねてきた。舌に舌をからめてくちゅくちゅと音を立てながら、光子のサスペンダーを外してズボンの穿き口をゆるめると、その大きな手を侵入させてくる。

やはり、婚前交渉をする気なのだろうか。だが、忠士ならいい。忠士になら、どんなことをされてもいい。

光子はしがみつくように彼の背に手を回し、がっしりして厚みのある体軀《たいく》に酔いしれた。

「姫さまは感じやすくて……愛らしい」

彼が光子に頬ずりして片腕で抱きしめ返す。まるで光子の全てを愛しているかのようだ。

——幸せ……。

そんな気持ちは次の瞬間、一気に吹っ飛ぶ。ズボンに侵入した手が何か芽のようなものをとらえたのだ。

「あっ」

そこを指先でいじくられていくうちに、下腹の奥で何かがきゅっと狭まったような感覚が起こる。光子の両脚が勝手にもぞもぞと動き出す。

「今は……指で鎮めましょう。じきに楽になりますよ」

彼の手がさらに奥へと進む。

「こんなに濡らして、私を待ちわびていたんですね」

濡れていることを知らしめるように、忠士が中指を秘裂に押しつけて前後にさすり、ぬちぬちと卑猥な音を立ててくる。

「や……忠さま……そんな……やめ……」

口ではそう言うものの、光子は彼を止めようとはしなかった。

ずっと大好きで、ひと目見られるだけで幸せだと思っていた彼に触れられて抗えるわけがない。

「私を求める音なんてずっと聞いていたいぐらいです。でもさすがに苦しそうだから……」

その刹那、光子の全身をとてつもない快感が貫いた。彼が指をつぷりと中に沈めたのだ。しかもその指を抜き差ししてくる。そのたびに自身の中から蜜があふれていく。

「え……？　どうして……ぁ……ぁあ」

ぶあっと全身が汗ばむ。彼のシャツとこすれ合うだけで乳首が疼く。忠士が何かを探すように、くちゅくちゅと隘路《あいろ》をかき回し、鉤状《かぎじょう》にして壁をまさぐる。

「あ……ふぁ！」

あまりの快感に光子が腰を浮かすと、「ここ、気持ちいいんですね？」と、耳打ちし、その一点を指先でぐりぐりとしてくる。

光子はびくびくと腰を浮かし、喘《あえ》ぐことしかできなくなっていた。

「や……だめ……はぁ……お願……どうにか……忠……さ……ま……ぁあ」

「もうすぐ楽になります。全てを私にゆだねてください」

そう言って耳を甘噛《あまが》みされたとき、骨ばった長い指をぐっと押し込まれ、光子の全身から力が抜けていった。

光子が脱力したまま、はぁはぁと、荒い息をしていると、ちゅっと頬にくちづけられる。

「ほら、婚前交渉ではなかったでしょう？」

優しげに微笑めば、昔の忠士の面影がある。だが、言っている内容がひどい。確かに、子ができるようなことはしていないが、これが婚前にやることだろうか。

忠士が光子に跨《また》ったまま、光子からシャツと下着を取りさった。

さっきまでの性急さはなくなり、全てゆっくり丁寧に進められたというのに、光子は躰に力が入らず、上半身を裸にされるがままだ。

――一瞬、頭が真っ白になったの……なんだったのかしら。

ついさっき訪れた、とてつもない愉悦を光子は反芻《はんすう》していた。

忠士は光子を跨いでいた片膝を外すと、自身のシャツを脱ぎ、上半身をさらした。その体軀は鍛え上げられ、がっしりとしている。躰の変化は顔とは比較にならない。彼はいつの間にか軍人の躰になっていた。

次に忠士が手をかけたのが、光子のズボンの穿き口だったものだから、光子は我に返り、彼の手に手を重ねて制止する。

「忠さま、おやめになって」

「どうして？　もっと気持ちよくしてさしあげるだけですよ？」

忠士はこういうときだけいい笑顔だ。

「いえ、もう十分ですわ。私、帰るなんて申しませんから、シャツを貸してください」

博貴のお下がりのシャツは引き裂かれて釦が取れてしまったので、借りる必要があった。

「シャツはともかく、こんな窮屈なズボンで寝かせるわけにはいきません」

そう言って、忠士が隣の夫人室に消えた。

――今の隙に！

光子は身を起こすと、忠士が脱いだシャツを羽織り、ものすごい勢いで釦を留めていく。

寝室に戻ってきた忠士が目を見開いた。

――この早業《はやわざ》、参ったか！

忠士が口を覆って目を逸《そ》らす。

「ぶかぶかじゃないですか」

それは非難しているのではなく、むしろ喜んでいるように見えた。

――ぶかぶかが、うれしい？

とりあえず、袖が長すぎるので、光子は手首のところで折って短くする。

忠士が手にしていた服をベッドの上に広げた。

「まあ、素敵」

ドレスだけでなく、ネグリジェもあったが、どれも見たことがないくらいおしゃれだ。

「家具はイギリス製ですが、やはりファッションはフランスと思いまして、出張のとき買い込んだんです。姫さまが着たら似合うかなと」

忠士が服を手に取り、ベッドの上で横座りする光子の上半身に当ててみた。

「古賀のおじさまみたいですわ」

「これはお土産ではないですよ。ここで暮らせるよう全て揃えました。姫さまは身ひとつでいらしていただければいいのです」

家具もそうだが、なぜここまでお膳立てされているのか。

「無理しなくていいですから。姫と呼ぶのもおやめになって。もう江戸時代の主従関係のことは忘れてください。もし、忘れられないなら、私が福山藩主の子孫として、あなたを福山藩から解放します。はい。これでおしまい」

光子が幕引きとばかりに、ぱんっと手を叩《たた》くと、忠士から笑みが消えた。手にしていたドレスをベッドに抛って、指先で光子の顎を上向かせる。

「そうですか。でも、ほら、姫さま、昔ここでしたことを悪かったと思ってらっしゃるんでしょう？　それなら今度は、私の言うことを聞いてくださる番ではありませんか？」

また悪魔が顔を出した。目つきも声も一転して冷たくなっている。忠士は、その瞳の色のようにとらえどころがない。天使だと思ったら悪魔になる。

「私のことは好きなようにしていただければ……。もう結婚は諦めていますので、放っておいてくださいませ」

——婚約解消に没落に……こんな外聞の悪い嫁、もらわないほうがいいわ。

「諦めるというのは相手がいないときにたどり着く境地です。私とすればいいでしょう？」

忠士が光子を転がしてうつぶせにさせた。

「え？　何を？」

「窮屈なズボンを脱がしてさしあげます」

忠士が光子のズボンをずり下げ、光子は下半身がむき出しとなる。

「何をなさるんです、忠さま！」

「そうだ。お馬さんごっこをしましょう。昔は私が馬でしたけど、今度は姫さまが馬になるんです。ベッドに手を突いて、あのときの私のようにお馬さんになっていただけませんか」

——仕返しってこと？

仕返しをするということは、やはり当時、不快に思っていたということだ。わかっていたのに、光子の胸に痛みが奔《はし》った。

忠士が光子のシャツをたくし上げ、腰から盛り上がるふたつの丘の肌触りを楽しむように、ゆっくりと円を描いて撫《な》でてくる。

さっき植えつけられた愉悦が蘇《よみがえ》ってくるのに時間はかからなかった。

「……ぁ」

光子はあえかな声を漏らしてしまう。

「もう感じていらっしゃるようですね？」

まるで光子がいやらしい女であるかのような言い方である。

「さ……触らないで」

「躰もそれを望んでいるか、確かめてみましょう」

忠士が光子の腰を持ち上げると、双丘の谷間に手を突っ込み、秘所をぐちゅぐちゅと前後にこすってくる。そこはもう濡れに濡れていた。

しかも、光子はねだるように、尻を掲げてしまう。

――どうして。どうして躰が勝手に反応するの……。

「そんなに欲しがっていただけるとは光栄ですね。馬というより猫みたいですけど」

忠士がふたつの丘を引き離すかのようにぐっと広げたので、濡れた秘所に息がかかった。

また指を入れるつもりだろうか。

それなのに、光子は脚を閉じることができなかった。むしろ、これから行われるであろうことへの期待に、さらに蜜を滴《したた》らせる始末だ。破廉恥なことを望むような躰に変えられてしまった。

「姫さまは、ここも美しいのですね」

忠士が、尻をつかむ手に力をこめ、その中心を舌でべろりと舐め上げてくる。

「あ、ぁあ！」

光子は腰を跳ねさせた。

「しかも、敏感でいらっしゃいます」

濡れた恥丘に呼気がかかれば、それもまた快楽に変わる。光子は顔を上げていられなくなって、ぐったりと頬をシーツに預けた。彼が再び秘所に舌を押しつけてくる。

——嘘！　こんなところに忠さまの舌が……。

指よりもやわらかく、艶《なま》めかしい舌の感触に、光子の口から鳴き声のような音が漏れ出す。下腹がきゅうきゅうと切なく疼いていく。

忠士が舌先を秘裂にねじ込んだと思ったら、今度は割れ目に沿って舌を行き来させる。指とは違う、やわらかで弾力ある感触に、光子は腰をびくびくと揺らしてしまう。

忠士が舌で秘所を愛撫しながら、シャツの中に潜ませていた手を腰から腹、さらに上へと這わせていく。胸のふくらみにたどり着くと、下を向いた乳首を摘まんで引っ張ったり、押し上げたりしてくる。

「ぁ……ふぁ……ただ……さ……あっ」

そのとき、浅瀬をうろついていた舌が隘路を押し開いてきて、光子はびくんとさらに尻を突き上げる。舌を受け入れた秘密の路《みち》がひくひくと痙攣《けいれん》しているのが自分でもわかる。

――まるでお腹《なか》の奥深くで悦《よろこ》んでいるみたい。

その動きに応えるかのように、忠士が秘所を強く吸ってくる。

ちゅっ、ちゅうっという淫猥《いんわい》な水音、彼の指、舌の動き、あちこちで生まれる快楽が渦巻いて、光子をどこかへと昇らせていく。

彼の片手が胸からずれて下腹を撫でてきた。中からも外からも彼に愛撫されているようで切なく疼く。さらに下がって敏感な芽を指で弾かれれば、もう限界だ。

「あっ、ぁあ！」

光子の体中からどっと力が抜けていき、ぐったりとシーツに身を預けた。

心地よい鳥の囀《さえず》りに耳をくすぐられ、光子が目を覚ますと、部屋が明るくなっていた。カーテンの隙間から外の光が漏れ入っている。

隣に温かみを感じて顔を横に向けると、忠士が肘を突いて光子をじっと見つめていた。朝の光の中だと瞳の中の緑色が強く出る。まるで幼いころの忠士のようだ。

「おはようございます」

ここにいるのが当たり前のようにそう挨拶される。

「た、忠さま！」

驚いて自身を見やると、見たことのない、大きなレースがおしゃれな白のネグリジェを着ていた。

「もしかして忠さまが着せてくれたんですか？」

「ええ。可愛いでしょう？」

そして日課であるかのように、ちゅっと軽いくちづけをされた。

――あら？　もう結婚していたかしら？

うっかり一瞬、そんな錯覚をしてしまって、頭をぶんぶんと横に振る。

結婚していないどころか、再会したばかりだ。それに、今の忠士は、昔の忠士と違いすぎる。天使と悪魔ぐらいの差があった。

にっこり微笑む忠士は、外見なら今も天使のようだ。でも多分、次の瞬間には変わるだろう。それがわかっていても、こう言わざるをえない。光子は上体を起こした。

「私、帰りますね」

とたん、忠士が忌々しそうに目を眇める。

「もうすぐ結婚するのだから、ずっとここにいたらいいんです」

忠士も身を起こし、光子の肩を抱きしめた。彼は上半身裸のままで、光子は生《なま》の胸板に顔を押しつけることになる。

――なんだかいい匂いがするわ。

このまま彼に身を預けてしまえば、どんなに楽か。だが、今は江戸時代ではない。それなのに彼は爵位を継ぐと同時に、家老の忠義心まで受け継いでしまった。

――断ち切ってあげなきゃ。

「結婚もしてないのに、私がここにいるなんて変でしょう？」

中山男爵との婚約解消が、そのうち雑誌の誌面をにぎやかすことだろう。その渦中で忠士との噂が立てば、忠士が婚約解消の原因であるかのように書かれるのは目に見えている。

忠士が光子の肩をつかんで躰を離し、にっこりと目を細めた。

――このいい笑顔、いやな予感がするわ……。

「そうですか。まだ私と結婚したいという気持ちになれないんですか。ですが、姫さま、昨夜を思い出してください。孕《はら》むようなことをしてないだけで、もうお嫁に行けない躰だとは思いませんか？」

――やっぱり悪魔！

第三章　覚えているのは俺だけですか？

——最悪だ！

昨夜のことを思い出し、忠士は頭を抱えていた。

夜を明かして語り合い、あはは、うふふと楽しく過ごす予定が、気づいたら光子を押し倒していた。

——姫さまが、帰るとか、泊まれないとか言うから！

婚約者でもない桜小路の邸には泊まれるのに、ふたりの懐かしい思い出が詰まった古賀邸に泊まれないというのはどういう了見か。

——しかも、博貴の名を出してくるし！

ほかの男の名など光子の口から聞きたくなかった。

ただでさえ、博貴から、光子のネグリジェ姿を見たと自慢されて超絶不愉快になっていたところだ。それで、衝動的に脱がしてしまった。裸体を崇《あが》めるだけのつもりが、あまりに可愛らしい胸先に咲いた桜色の蕾など見たら、くちづけずにはいられなくなった。

——しかも、ズボンを脱がせば、朝露に濡れた美しい桜の花びらが現れるときた！

まさに日本の美が光子ひとりに集結したと言えよう。

気持ちよさそうに桜花を震わせているというのに、光子は一貫して結婚を拒んでいた。

——昔はあんなに俺を慕ってくれていたのに……。

確かに忠士は変わった。顔だってそうだ。十歳ぐらいまでは、忠士は丸顔で中性的だった。

——ああいう顔のほうが好みなんだろうか。

だが、男というものは往々にして、成長とともに顔が長く伸びてしまうものだ。イギリスで諜報《ちょうほう》活動なんてやっていたせいか目つきが悪くなったような気がする。

忠士は十歳のときに光子と引き離され、そのときからずっと光子のことばかり考えて生きてきた。それなのに光子はもう、忠士のことを忘れてしまったのだろうか——。


忠士にとって光子の第一印象は日本人形だ。大きな赤いりぼんを頭頂に着け、艶《つや》やかな黒髪に、色とりどりの花柄の振袖が似合っていた。

その日本人形が近づいてきて、爪先立ちになったと思ったら、小さな手を伸ばして忠士の前髪をかき上げた。

目の前には、黒曜石のような大きな瞳、ふっくらした赤い頬、さくらんぼのように紅い唇——。

その小さな唇が開く。

『世界が緑色に見えたりするの？　私、緑ってすごく好きな色だから、うらやましいわ』

光子がそう言ったとき、忠士の世界は変わった。

今まで、忠士の瞳を見た日本人の反応は、瞳が緑だ、異人の子だと、自分との違いに過敏に反応し、排除しようとするのが常だった。

だが、光子だけは違った。

自分が忠士だったらどんなふうに世界が見えるのか。そんな視点で語りかけてきたのだ。

しかも、そのあと、前髪を切られ、本当に視界が変わったというおまけつきである。彼女によって物理的にも世界との隔たりが取っ払われたというわけだ。

――姫さまが魔女の呪いを解いてくれた……。

光子と出逢《であ》う四年前、五歳のとき、忠士の母がフランスに一時的に帰国しただけのはずが、里心がついてしまい、日本に帰ってこなくなる。

フランスに留学経験のある父は民間外交に力を入れていて、邸ではよく外国人を招いては舞踏会や園遊会を催していたものだから、妻がいないと恰好がつかない。母が帰国して一年もしないうちに離縁を決め、日本人の後妻を迎えた。

この継母もまた、忠士を異質なものとして排除しようとした。前妻への劣等感もあったのかもしれないが、六歳の忠士にこう言ったのだ。

「私が嫁ぐ前、お父さまがあなたとふたりきりで食事をしていたころ、あなたに似た母親を思い出して辛かったとおっしゃっていたわ。その瞳を、あまり見せないでちょうだいね」

そんなわけで、忠士は前髪を伸ばすようになった。華族学校の入学式に合わせて強制的に切られたが、学校でも、目がビー玉だとか、異人なのに日本語がうまいとか言われていやになり、再び伸ばした。

前髪は心理的にも壁となって、忠士は積極的に誰かと交流することもなく、学校ではいつもひとりで本を読んでいた。

そんなある日、光子が邸にやって来る。その名の通り、忠士の人生に光を差すことになるとは思ってもいなかった。

忠士には、勉学や武道など、やらなければならないことしかなかったが、光子にはやりたいことしかない。光子は、『忠兄さま』『忠兄さま』とついてきては、これをやってほしい、あれをやってほしいと、目をきらきらさせてお願いしてきた。

忠士にとってそれは至上の喜びとなる。光子に頼まれればなんでもやった。

姫を助ける騎士にもなったし、母親のレシピ本を見てフランスのお菓子も作ったし、ゴム飛びだってした。光子は遊びを考える天才だ。毎日が楽しかった。光子の笑顔はこの世で最も尊いもので、それを毎日見られて忠士も幸せだった。

光子という理解者を得て、忠士は学校でも変わっていった。人と積極的に関わるようになったのだ。

するると、ランボーが好きだとかいうフランスかぶれの桜小路博貴がやたらとからんでくるようになった。彼にはフランス留学の夢があり、忠士と友人になりたいと思っていたらしい。近寄りがたくて話しかけられなかったそうだ。

博貴繋がりで、忠士は、ほかの同級生たちにも受け入れられるようになっていった。

これも全て光子のおかげだ。

だが、宝物のような日々は期限つきだった。二年経ち、実家に帰る日がやってくる。

朝、光子が『ずっと、この家にいる！』と言い張り、どこかに消えてしまう。何度も隠れんぼをした忠士には大体、隠れる場所の想像はついていた。

『忠士、もうすぐ殿がいらっしゃる。探してきなさい』

忠士は父にそう命じられる。いつまでも引き延ばせるものではないとわかっていた。

『はい。探してまいります』

忠士は温室に向かう。ここでメロンや苺《いちご》や西洋野菜を栽培して晩餐《ばんさん》会やパーティーに供している。温室に入ったら案の定、どこからか泣き声が聞こえてくる。苺の育苗棚の下をのぞくと、光子が膝を抱えて泣いていた。

『た、た、忠兄さま……ヒック……私……ヒック……ずっとここにいたい』

光子の瞳から涙がぽたぽた零れている。いつも笑っていた光子が悲しんでいる。それだけで、忠士も泣きたくなってきた。

忠士はもう一五〇センチあり、棚は低かったが、背を丸めて光子の隣に座る。

『僕も姫さまに会いたいから、また遊びに来てください』

『そんなのじゃ足りないわ。私、毎日、忠兄さまといっしょにいたいの』

涙に濡れた瞳で忠士を見つめる光子は信じられないくらい美しかった。しかも、光子が執着しているのはこの家ではない、忠士なのだ。

あまりの幸せに忠士は身震いする。

『僕も姫さまと、ともにいたいです』

『本当にそう思ってる？　前、私が望むことはなんだってかなえてって命じたから、今そう答えただけじゃないの？』

それもある。だって、忠士にとってこの世で最も尊いのは光子の笑顔なのだから。そのためなら、なんだってやる。

だが、ともにいたいというのは、光子のためだけだろうか？

――いや、違う。

忠士が光子とともにいたいのだ。光子以外の女性と結婚して、ここで過ごす未来はどうしても頭に浮かんでこなかった。

次に、光子が忠士以外の男のところに嫁いで、その男に笑顔を向ける――そんな光景を想像したとき、忠士を襲ったのは深い絶望感だった。

――姫さまは誰にもやらない。僕だけのものだ。

忠士の心を照らしてくれるのは光子だけだ。光子だけが、忠士と同じ緑の瞳で世界を見ようとして、そして、その世界が前髪によって遮断されていることに気づいてくれた。

忠士は光子を抱きしめる。

『僕が姫さまといっしょにいたいんです。将来、お嫁さまになって、うちに来てください』

それは、忠士が初めて自分の欲望を口にした瞬間だった。

『しょ、将来……この家で忠兄さまと暮らしていいの？』

『僕が姫さまと住みたいんです。それまで、誰のものにもなってもいけませんよ』

『わかったわ。約束よ。絶対よ』

『もちろ……』

そう言いかけたときに、『まあ！　なんてこと！』という継母の甲高い声が上がった。

慌てて忠士は躰を離したが、時すでに遅かった。

継母とともにやって来た侍従が忠士から光子を引き剝がすように抱き上げる。侍従に抱えられた光子が忠士のほうに手を差し出して、『忠兄さま』と、わんわん泣き始めた。

さらには、忠士が光子を抱きしめていたことは父親の知るところとなる。

男女七歳にして席を同じうせず。道徳でよく使われる言葉で、男女は七歳ともなれば、家族以外の異性と親しくしてはいけないという教えだ。男女別学の根拠にもなっているが、まさに光子は七歳だった。

その後、父は忠士を光子に会わせようとしなかった。光子が古賀家に遊びに来るのは、忠士が不在のときに限られたし、忠士は相馬家に連れていってもらえなくなる。

光子のいない古賀邸が寂しすぎて、忠士は自ら志願して華族学校の寄宿舎に入った。

会えない日々、いつも頭の中に光子がいた。

いつか、出世してあの姫を必ず娶ってやる。そう思えば勉学も苦ではない。忠士は将校養成機関である陸軍士官学校に首席で入学した。

目立つ風貌でなければ、華族女学校の運動会にまぎれ込んだり、こっそり近くから観察したりすることもできただろうが、フランス人の母親似である忠士が、人にばれないよう光子を見学するには、年に三、四回、少し離れた車の中から見るのが関の山だ。

頭につけた大きな赤いりぼんをふりふり歩く袴《はかま》姿の光子はとてつもなく可愛かった。

いくら父に会わせてもらえなくとも、光子が女学校を卒業すれば、夜会などで顔を合わせる機会もできるだろう。華族社会は狭いのだ。

――姫さま、もうすぐです。待っていてくださいね。

そんなある日、新聞で『二条公爵長男、英敬氏、相馬伯爵のご令嬢と婚約』という記事を目にした。そんな馬鹿なと思いながら、記事にある令嬢の名を確認したら相馬光子とある。

写真の光子はとても美しい淑女になっていた。だが、あのころの面影がある。まぎれもなく光子だ。

二条公爵家と言えば、公家華族の中でも最高位である。だからこそ、武家である相馬伯爵家の光子は歓迎されないだろう。こんなところに嫁いでも、光子が幸せになれるとは到底思えなかった。

——姫さまが二条に惚れているのだとしたら？

想像しただけで、忠士は銃剣で心臓を抉《えぐ》られるような衝撃を覚えた。

確かめる必要がある。

だが、もし、光子が二条に気があったとしても、光子を諦める気などさらさらなかった。

光子に、幼い日々を思い出してもらえばいい。それでも駄目なら、もう一度忠士に惚れてもらうまでだ。

忠士は今、園遊会や夜会で、淑女たちの熱い眼差しを一身に受けている。自身が女性に好かれる風貌をしていることはいやがおうでも自覚させられた。

——絶対に、ほかの男にやるわけにはいかない。

ちょうどそのとき同窓会があり、博貴から耳よりの情報を得た。

華族女学校でシスターという女同士の恋愛ごっこが流行《はや》っていて、頭文字を取ってエスと呼ぶらしい。博貴の妹が級友とエスで、その級友が『相馬伯爵家ご令嬢』だと言うのだ。

——全く、姫さまときたら、周りをすぐに魅了してしまうから困ったものだ。

博貴に借りなど作りたくなかったが、光子の動向を探ってもらったところ、大国劇場に博貴の妹とオペラを観に行く予定だというではないか。絶好の機会だ。

ロビーで入口のほうを見張っていると、薄紅色の和服姿の光子が現れた。大きなりぼんは相変わらずだが、もう可愛いなんて言えなかった。輝くような美しさで、これなら、車から降りる一瞬で男を虜にしても仕方ない。

偶然会ったような体《てい》で近づくと、光子が生霊でも見たかのように、目をまん丸とさせていた。

婚約のことを聞いたら、光子が悲しげにうつむく。

——本当は結婚したくないいんでしょう？

そう問いたかったが、あまりに自分の願望が入り込みすぎているようで、とりあえず社交辞令として『おめでとうございます』とだけ告げた。

すると、光子が今にも泣き出しそうな瞳で忠士を見上げてくる。

『私……結婚したくないんです』

そのとき、忠士が取るべき道が決まった。

——姫さま、俺がこの縁談、潰してさしあげます。

こういうのは親戚からの圧力が一番効く。

博貴を筆頭に、公家華族の子息の級友がたくさんいる。彼らが参加する会合に積極的に出向き、徳川《とくがわ》の世にこんなことがあった、幕末にあんなことがあった、それなのに結婚が決まったということは、光子さんはよほど魅力的なのだろうと耳打ちすれば、拡散されていく。尾鰭《おひれ》のついた噂が二条公爵家の親戚に伝わるのに時間はかからなかった。

過去に何があったかなんて彼らが一番知っていることだが、華族にとって大事なのは、それが現在の社交界でどんなふうにとらえられるかである。先祖に顔向けできるのか、などという風評は耐えられないことなのだ。

——公家華族なんて、体面だけで生きているやつらばかりなんだから。

一ヶ月もしないうちに、光子と二条は破談となる。

これが忠士の最初の諜報活動だ。このとき、自分にこういう才能があることに気づいた。破談にさせた以上、二条を凌駕《りょうが》しなくてはならない。自分の力で行きつける最高の地位まで昇ってみせる。

そのとき、忠士はそう誓った。何がなんでも、光子を自分の手で幸せにしたい。

陸軍士官学校も、その後の陸軍大学校も、成績上位五名に贈られる恩賜《おんし》の軍刀を拝受。これだけでも将来は約束されたようなものだが、近衛歩兵に配属後一年でイギリス駐在武官に。これは大抜擢《ばってき》で、史上最年少だった。大臣がおともに、西洋人受けする風貌の武官を欲しがっていたというのが大きい。

母親がフランス人であること、西洋的な顔立ちであること、語学が堪能《たんのう》なこと、なんでも利用してやるつもりだ。

ようやく光子との再会を許されたのは、イギリスに発つ二日前の夜だった。父に連れられて相馬邸に挨拶に赴く。

光子の美しさはさらに磨きがかかっていた。これはいけない。これでは周りにいる男どもが皆、光子に惚れてしまう。いずれ彼女を娶るにあたり、高い地位を得るための渡英とはいえ、日本を離れていいものかと不安になる。

だが、最初に結婚の約束、つまり婚約をしたのは忠士だ。

だから、忠士は玄関でふたりきりになったとき、約束について確認した。それなのに、光子に「そんな約束……お気になさらなくていいのに」と返される。

この返事は衝撃的だった。七歳と十歳の約束など、こだわっているのは忠士だけで、もうどうでもいいのだろうか。

――それならそれで、外堀を埋めるまでだ。

帰りしな、車の中で『姫さまに結婚のお相手を紹介されるつもりなら、この私にしてください』と、父にせまったら、『姫はお美しくおなりだからな』と、からかわれた。

まるでつい最近、外見だけで惚れたような物言いだ。忠士の愛はそんな薄っぺらいものではない。とはいえ、光子を抱きしめていた十歳のときのことを蒸し返されたくないので、反論はしなかった。

父の言い分はこうだ。

本当は古賀家よりももっといい家に嫁いでほしくて、忠士に会わせないようにしていたが、光子が嫁《い》かず後家になっている以上、僭越《せんえつ》ながら、古賀家にいらしていただくのもいいだろう、ということだった。

この件について、相馬伯爵に必ず伝えるという言質《げんち》はとった。華族の結婚は家と家の間の取り決めだ。

――大出世して、姫さまを誰もがうらやむ花嫁にしてやる。


だが、その父も、相馬伯爵も、忠士がイギリス駐在中に急逝してしまった。ふたりが本当に光子と忠士の結婚について約束を交わしたかどうか、今となっては確かめようがない。

父を亡くしたのはイギリスに駐在して三年目のことだ。襲爵を口実に本帰国を願い出たが、かなわなかった。忠士の語学力と諜報能力を買われてのことで痛し痒《かゆ》しだ。

畳みかけるように相馬伯爵の訃報が届いたとき、光子の悲しむ顔が浮かんで一刻も早く駆けつけたくなった。だが、父が亡くなっても帰国できなかったのに、転属願が受理されるとは到底思えない。

せめて光子に手紙を書いて励まそうと決めたそのとき、光子の兄、秀文から英文でこんな国際電信が届く。忠士は脳天を撃ち抜かれるような衝撃を覚えた。

『光子、婚約。帰国急ゲ』

秀文が連絡してきたのにはわけがある。

忠士は、父との口約束だけでは安心できず、光子に言い寄る男は全て排除するよう、秀文に頼んでいたのだ。それは父に約束を取りつけた翌日、つまりイギリスに発つ前日のことで、文芸誌の編集者を紹介するのと交換条件だった。

それなのに、排除どころか、いきなり〝婚約〟とはどういうことだ。

そんな疑問を抱きながらも、忠士は即、行動を起こす。『スグ帰国スル。待テ』という電信を打つと、講和条約のときおともをした大臣から父親の友人まで、あらゆる伝手《つて》を使って帰国にこぎつけた。

表向きは『襲爵のため』としたが、実際は全く違う。帰国と引き換えに、軍の上層部からは、東洋の魔都と呼ばれる上海《シャンハイ》での諜報活動まで頼まれるはめになった。

それにしても、よくぞ二週間で本帰国を実現できたと我ながら感心してしまう。

五十日間の船旅を経て、横浜港で下船し、〝婚約〟について秀文に問いただそうと、相馬家に電話した。すると使用人ではなく、家令が出てきた。

――なんでまた電話ごときに家令が出るんだ？

使用人がする仕事なので怪訝に思いつつ、秀文のことを聞いたら、光子が婚約する中山男爵家での園遊会に招かれているというではないか。

忠士は行き先を変える。迎えの車に乗ると、古賀邸ではなく横浜駅に向かわせる。車より鉄道のほうが速いので、列車で東京駅まで行き、タクシーに飛び乗る。園遊会になんとかすべり込むことができた。

目を覆いたくなるような下品な宴会が繰り広げられていて、これが旧福山藩の姫の婚約者の園遊会かと眩暈《めまい》がしそうになった。寄ってくる女どもには無視を決め込んで進んでいくと、そこには、凛と立つ着物姿の光子がいた。まさに掃き溜めに鶴とはこのことだ。光子には、長い黒髪による断髪したことで、却って光子そのものの美しさが輝いていた。光子には、長い黒髪による美の底上げなど必要ないのだ。

見惚《みと》れていると、中年男爵が、丸々とした手を光子の肩に伸ばしてくるではないか。

――姫さまが穢《けが》れてしまう！

忠士は間一髪のところで男爵の手首をつかんで制止することができた。

光子が可愛らしい目をまん丸とさせて忠士を凝視している。

――姫さま、もう大丈夫です。この忠士が戻ってまいりましたから。

父の葬儀には参加できなかったが、家令に命じて継母は実家に返した。あとは、光子と結婚し、古賀邸で睦《むつ》まじく暮らすだけだ。

うまくいくと思ったのはここまでだ。古賀少佐としたことが、二十四歳の淑女相手に大苦戦することになろうとは思ってもいなかった。

光子は、成金と結婚せずに済んだうえに、結婚の約束をしている忠士が騎士のごとく救いに来たというのに、喜びの涙を浮かべることも、忠士の胸に飛び込んでくることもなかった。

――父親を亡くして苦労したせいだろうか。

あんな成金との結婚を決意するぐらい追いつめられていたなんて不憫すぎる。安心してもらおうと、古賀家には相馬家の借金をものともしない潤沢な資金があることを伝えた。

それなのに、すげなくあしらわれる。光子はあからさまに忠士との結婚を避けようとしていた。

――俺があの成金以下だとでも？

忠士に惹かれない女など滅多にいない。若くして襲爵しているうえに美形だ。華族の中でも最も評価が高いのが軍人、しかも忠士は軍の中でも抜きん出て出世している。二条は中尉だが、忠士は二条より年下なのに二階級上の少佐にまで昇進しているのだ。

それなのになぜ、脅しすかしで光子に婚約をせまるような事態になったのか、忠士自身が一番解せない。

しかも、婚約したあとも、光子は男装してフランス料理店で給仕の仕事を続けている。借金は肩代わりすると伝えたはずなのに、だ。

買い物ひとつとっても、自邸を訪れる外商からしか買ったことのないご令嬢が、男のなりで皿を洗っているなど嘆かわしい。ともに働いている男どもが懸想しないかというのも気がかりだ。

こんなふうに仕事中のことばかり心配していた忠士だが、仕事が終わったあと、光子が桜小路邸に泊まったと聞き、さらには、ネグリジェにガウン姿を博貴に見られたことがわかり、憤死しそうになった。

婚約者の忠士でさえ見たことがないというのに——。

居ても立ってもいられず、翌夕、忠士は客として店を訪れた。

光子は、男性の給仕の恰好をしていても、その輝きを消すことができないでいた。

華族令嬢だけあって、身のこなしが美しく、フランス語の発音もきれいで、こんな立派な給仕は日本でお目にかかったことがない。

だが、伯爵令嬢が男装して給仕をしているなんて、婚約解消以上の大醜聞である。

忠士が仕事を辞めるよう助言しても、光子は聞く耳を持たない。このままにしておけば傷つくのは光子だ。さっさと辞めさせるしかない。そもそも、金を稼ぐ必要などないのだ。

そのあと、当たり前のように古賀邸に連れていこうとしたら、光子に拒否され、忠士は頭に血が上って強引にくちづけしてしまった。

――桜小路邸に泊まれて、古賀邸に泊まれないとはどういうことだ？

だが、古賀邸に連れていけばすぐに、あのときのふたりの絆を思い出すはずだ。昔なじみの使用人たちと懐かしい邸を見て、ここで再び暮らしたいと思わせられれば勝ちである。

実際、光子は当時を思い出して感傷に浸っていた。それなのに、そろそろ帰ると言われ、またしても忠士は理性を失ってしまう。

――冷静沈着で鳴らした古賀少佐としたことが、吹っ飛びすぎだろう……。

それで、婚前にやるべきではない行為に及んでしまったのだ。

光子の躰は抱きしめたら壊れそうなぐらい華奢《きやしや》で、美しい稜線《りようせん》を描く乳房は愛らしく、しかも光子は忠士の愛撫に敏感で、見たことがないような艶《なま》めかしい表情を見せた。その頂を飾る蕾はつつましやかな桜色である。

それなのに、最後の一線をよくぞ越えなかったものだと、自分を褒めてやりたいぐらいだ。

もう絶対に手離せない。

そんな想いが強すぎるのか、大切にして幸せにしたいと思っている光子に、忠士が口にしたことと言ったら、もう嫁に行けない躰になっているという下卑た脅し文句だ。

――自分はこんな人間だっただろうか？

光子の笑顔を見ることが至上の喜びのはずだったのに、どうしてこうなってしまったのか、忠士は自分で自分が理解できなかった。

第四章　結婚以外の夢を見たら駄目ですか？

光子はフランス大使邸でのガーデンパーティーに参加していた。フランス愛好会に参加しなくなったのに、大使夫人が厚意で招いてくれたのだ。

今日は夫人の料理ではなく、シェフが腕をふるった立食形式で、光子は、お金の心配がなくなったことで、ようやく参加する気になれた。

楽団により円舞曲が奏でられ、それに合わせて紳士淑女が踊る広間を抜けて庭に出れば、フランス料理に舌鼓を打ちながら歓談する人たちがいる。

──なんて素敵な空間なのかしら！

今、身に纏《まと》っている薄紫のイブニングドレスは、先日、古賀邸に泊まったときプレゼントされたものだ。フランスで買ったという最先端のドレスなら、きっとこの夜会にふさわしいだろう。このドレスに見合うよう、短すぎる髪は羽根飾りでごまかしている。

──ここで人脈を広げようっと！

ひとりで頑張るつもりだったが、偶然にも桜小路兄妹と出くわした。

信子がすごい勢いで手を取ってくる。

「光の君、素敵よ！　ドレスがハイカラだから短髪が似合って、とってもモダン！」

そう言う信子こそ、繊細なレースで飾られた白のシルクドレスがとてもエレガントだ。きっと博貴のフランス土産だろう。

「ありがとう。信さまがいるなんて心強いわ」

「光の君、フランス愛好会をおやめになったでしょう？　だから、私、来る気がなかったの。でも、兄がフランス大使のほうに招かれて、ひとりじゃさまにならないからって……。まさか光の君がいらっしゃるなんて！　来てよかったわ」

信子の斜め後ろにいた博貴が前に出てくる。

「ごきげんよう、光子さん。今日は忠士といっしょにいらしたんでしょう？」

「古賀伯爵と私が？　どうしてそう思われましたの？」

——もしかして忠さま、婚前なのに私が邸に泊まったこととか話してないわよね？

思い出しただけで顔が熱くなってくる。

「さっき見かけたので」

——忠さまがここに!?

実は今着ているドレスは、忠士からすんなり受け取ったわけではなく、もらうわけにはいかないと拒否した挙句に車の中に無理やり押し込まれ、ようやく受け取ったものだ。

——それなのに早速着ているところを見られるなんて！

「あ、あの、それなら私、ここで失礼いたしますわ」

「どうして私がいるとわかったら、帰ろうとなさるんです？」

　地獄の底から響くような声が背後から降ってきて、光子がおずおずと顔を上げると、忠士が光子を見下ろしていた。口角を上げているが目が笑っていない。しかも軍服だ。

　――ひぃー！

「え、あのっ、あまりに人が多くて……酔った……みたいな？」

　へらっと、光子は愛想笑いをする。

「体調がお悪いとは！　今すぐお送りしましょう」

　忠士は全く心配するような表情をしておらず、本気にしていないのがありありとわかる。なのに、動作だけは大仰で、長い腕を伸ばし、門のほうを手で指し示した。

　――送り先は絶対、忠さまの邸だわ！

　助けを求めるような目を信子に向けると、信子が光子を抱きしめてくる。

「せっかく、光の君とパーティーを楽しむつもりだったのに、古賀伯爵、独り占めしようだなんて、いけませんわよ」

　信子にそう告げられると、忠士がお手上げとばかりに肩を竦めた。こんな外国人のような仕草も彼がやるとはまる。

　博貴が忠士をなだめるように背をぽんぽんと軽く叩いた。

「言っとくけど、俺が光子さんを連れてきたんじゃないからな。光子さんは大使夫人に招待されてここにいらしたんだ」

忠士が意外そうにしているので、光子は話を継いだ。

「大使夫人主宰のフランス愛好会というのに入っていたものですから」

博貴が忠士のほうに顔を向けたまま、横目で光子を見てくる。

「光子さんは、お父さまが道半ばだったフランス料理店を開きたいって思っていて、今日は人脈を作りにひとり乗り込んだってわけ。なかなか肝が据わってるよな」

そんな事情を話されて、光子は焦る。

「あの……父がやろうとしていた銀座のお店はもちろん、諦めていますから」

——忠さまにこれ以上、出費させるわけにはいかないわ。

「銀座とは違う店を開こうとしているということですか？」

「ええ。さすがに私の力では銀座の一流料理店は無理でしょう？　小さくていいから、こんなおいしいもの食べたことないって幸せな気持ちになれるようなお店をやりたい……いえ、いつかやれたらいいなって」

——小さなテーブルで忠兄さまと食べたときのように……。

「あなたはどうして、なんでもそうひとりで……」

忠士が非難するようにそう言いかけたとき「タダシ」と、外国訛《なま》りで呼ぶ女性の声がした。

光子が振り向くと、深い胸の谷間があった。人は自分にないものに目が行ってしまうものだ。光子の目は次に金髪、そして青い瞳、ぷっくりと厚めの唇をとらえる。

そこには見たことのないような美しい肉感的な白人女性が立っていた。

――なんで忠さまの名を呼んでいたの？

【どこに行ったのかと思ったわ】

彼女がフランス語で不満を漏らし、忠士の腕に手をからめた。光子より背が高く、長身の忠士と並ぶと絵になる。

――しかも、胸が腕に当たっているわ！

光子の飾りていどの胸ではできない芸当だ。その女性が、光子に視線を向けてきた。

【もしかして、このコケシがあなたの姫なの？】

――こ、こけしって私？『こけし』だけ日本語だったわ。

凹凸があまりない自分の躰を光子は見下ろす。

――確かに、こけしだわ。

【光子は、フランス語ができるよ】

忠士が気まずそうに言った。光子に聞かれたくない内容だったと認めたようなものだ。

そのフランス人女性がまじまじと光子を見つめたあと、にっこり笑って抱きしめてきた。

頬を寄せられ、光子は固まってしまう。フランス風の挨拶には慣れない。

【まあ、可愛らしい！　私、ローラっていうの。私が選んだドレス、とても似合ってるわ】

――忠さまが選んだんじゃないの？

なぜだかわからないが、その瞬間、光子は急に気分が落ち込んだ。

【私は相馬光子と申します】

【あら、なんてフランス語がお上手なんでしょう】

ふわふわの羽毛の扇で口もとを隠して、ローラが目を細めた。

【ありがとうございます】

「こちらは、フランス出張したとき、お世話になったローラさんです」

忠士が日本語に切り替えた。

「日本では私がお世話になっているの。ミツコ、よろしくね」

フランス訛りとはいえ、ローラが日本語で返してきた。かなり日本語を解するようだ。

それを受けて信子が忠士に意味深な眼差しを送る。

「古賀伯爵、隅に置けませんわね。兄に聞きましたよ。イギリス社交界でも、女性から大人気だったそうじゃないですか」

「混血《ミックス》の日本人が物珍しいだけですよ」

忠士があっさりとそう返した。

「そんなことない。タダシはいい男」

そう言いながらローラが忠士の肩に頬を寄せた。

――まるで奥さまだわ……。

光子はこれ以上見ていたくなくて、信子の隣に移動して、忠士と向き合う。

「では、私たち、失礼いたしますわ」

「そうそう。腕のいいシェフや評判のいいお店の情報を仕入れるつもりなんです」

信子が賛同してくれたので、光子が踵を返そうとしたところ、忠士に腕を取られる。

「光子さん、あのこと、ちゃんと皆さんにお伝えしたんですよね？」

ほかの人がいるときは、忠士は光子を姫と呼ばず、さんづけで呼ぶ。

――ふたりきりのときだって、そうしたらいいのに。

「何をお伝えするんです？」

「婚約したことです」

光子は思わずローラを見た。苦々しい表情になっている。婚約という言葉を聞き取れてこその、この表情だろう。やはり、忠士に気があるのだ。

――ローラさんのほうがお似合いなのに。

「いいえ、婚約しなくていいです。私、ひとりで生きていく道を探しますから」

それなのに忠士がぐいっと肩を抱いてきた。

「皆さん、実は私と光子さんは婚約しているんです」

信子が光子の手を引っ張ってくる。

「まだ正式に婚約してないって言っていたわよ、そうよね？」

博貴が割って入り、信子の手を取った。

「信子。皆、それぞれのお家の事情があるんだから、口を挟むものじゃないよ」

その事情が借金のことなのか、それとも忠士に家老の魂が乗り移っていることなのか。

信子が不満げに口を尖らせているが、それを気にかける様子もなく、忠士が笑顔を作った。

「来月、私の邸で結婚披露宴をするので、近々、皆さまに招待状をお送りしますね」

「光の君、そこまで進んでるの？　教えてほしかったわ」

信子が耳打ちしてくるので、光子も小声で囁く。

「私も初耳よ」

「どういうこと？」

眉をひそめる信子のことはお構いなしに、忠士が再び作り笑いを浮かべる。

「そういうわけで、皆さん、ごきげんよう。光子さん、お送りしますよ」

――えー？

光子は肩を抱かれたまま、引きずるように忠士に連れていかれ、車に押し込まれる。後部座席にふたり並んで座った。

「あ、あの、ローラさんをひとりにして大丈夫なんですか？」

「ここで偶然会っただけですから」

「そう、そうなの……」

　――何、喜んでるのよ、私！

「姫さまとしたことが嫉妬ですか？」

　忠士がニヤッと片方の口角を上げて、顔を近づけてくる。

「いいえ。外国の方なので、ひとりにしてはいけないと心配しただけです」

　つんと顔を背けたら、顎を取られて忠士のほうを向かされた。

　忠士が真剣な表情になったので、光子は、はっと息を呑《の》む。

「ご自身を売ってまで銀座の洋館を守ろうとされたんでしょう？　それなのになぜ私を頼ってくれないのです？　私なら洋館だって余裕で建てられますよ。小さくていいから幸せになれる店って……子どもの夢じゃないんですから」

　鋭いところを突かれた。実際、これは子どものころの夢だ。忠士が料理長で給仕だったあの厨房の一角のような空間を作り出したいと思っているだけなのだから。

「でも、あの……忠さまに、これ以上迷惑をかけたくなくて……」

「あの男爵家の金は使えても、私の金は使えないって言うんですか？」

「それは……そうです」

　伯爵令嬢という出自を売るのだから、成金相手なら見返りをもらうことに光子の良心は痛まない。だが、忠士には損しかない結婚である。忠士なら、あのフランスの美女だって、出世に役立つ令嬢だって娶ることができるのだから。

「姫さま、建設が中止になったままの洋館、見に行きませんか？」

「え？　お父さまの？」

「そうです。私はまだ見たことがありません」

光子にそう言うと、忠士が運転手のほうを向いて、「銀座へ」と、行き先変更を告げた。

「姫さまは、最近、見に行ったりしました？」

「父が亡くなってからは一度も……。生前は、地鎮祭《じちんさい》とか、鉄筋が組み上がったときとか折々に連れていってもらいましたけど、今は……見ると悲しい気持ちになりそうで」

――私のせいでこんな事業を始めてしまったんじゃないかって……。

やがて車が建設半ばの館の前で停まった。

夕暮れの雑踏の中、光子は忠士と、洋館の前に並んで立つ。しばらく無言で館を眺めていた。忠士が沈黙を破る。

「外壁は白……漆喰《しっくい》か。イギリス帰りの私の目から見ても洗練されています。日本でこんな洋館はなかなか見られませんよ」

それは、光子が父親を亡くしてから初めて聞いた、父への賛辞だった。

「店名は『暁の星』です。フランス料理はまだ日本に入ってきたばかりでまだ暁だけど、そのフランス料理の星になれという意味だそうです」

「暁の星《ヴィーナス》……愛と美の女神ですか。お目の高い殿らしい美しい遺品ですね」

光子もこの館のことを遺品だと思っている。だが、兄には理解してもらえなかった。忠士に対しては、そんな感傷に浸って迷惑をかけてはいけないと自戒していた。思いがけない忠士の言葉に、光子の瞳から涙がほろりとあふれ出る。

「姫さま……」

忠士が励ますように、光子の肩を抱いてきた。

「父は大国ホテルからシェフとマネージャーを引き抜く段取りをつけていたのですが、兄が白紙に戻してしまったんです」

「そのふたりの今後の生活を考えたらまっとうな判断ですが、今や、容れ物しか残されていないということですか……」

「こんな作りかけの容れ物だけ押しつけられるはめになって、申し訳ありません」

光子が見上げると、忠士が頭を撫でてくる。うなじはまだ空いたままで、秋になり、余計に涼しさを感じさせられる。そんな光子に、忠士は慈しむような眼差しを向けてくれた。

「こういう考え方もできますよ。容れ物しかないんですから、姫さまが作りたい夢の店を作ることもできるって。それこそ、殿の望まれるところでしょう？」

忠士は何を言い出すのか。光子は唖然としてしまう。

「私の夢って本当にささやかで……甘いもの好きの少女なら誰でも夢見る、お菓子屋さんみたいなものです。日本の中心で、こんな大きな館で……私が？」

忠士が光子の腰に手を回してエスコートし、建物の周りを歩き始める。彼の眼差しは光子ではなく、ずっと建物に注がれていた。

「姫さま、お気づきになりました？　この建物、あちこちに星の輝きのようなマークが彫ってあります。『暁の星』とは、姫さまのことを指しているのではありませんか」

光子は建物を見上げる。確かに輝きをマークにしたものが浮き彫りになっている。

「どうしてこの星が私なんです？　愛と美の女神なんて私からは程遠いですわ」

「遠くありませんよ。姫さまはいつも美しい。そもそも、星は光るものでしょう？、〝光の君〟？」

——光る！

「殿の審美眼にかなった美しい建物。この建物自体が、姫さまへの贈り物だったんですよ」

——お父さま……！

『光子の大好きなメレンゲなるものを買ってこさせたぞ。いっしょに食べよう』

本当は甘いものなど好きではないのに、父はフランスのお菓子を取り寄せては、光子と食べることを好んだ。

『何？　フランス愛好会で光子が作ったテリーヌ？　色とりどりで宝石のようじゃないか。もったいなくて食べられないよ』

そんな冗談を言いながら、おいしそうにテリーヌを食べてくれた父――。今ごろになって、やっと父の死を悼むことができたような心地だ。

生前のように父親の声が頭の中で響き、光子は涙が止まらなくなった。するとは、忠士が優しく背を撫でてくれた。

忠士の胸に顔を預け、光子は子どものように泣いてしまう。すると、忠士が優しく背を撫でてくれた。

「お父上からの贈り物は、何があっても完成させましょう」

力強い声は耳からだけでなく、彼の胸を通じて振動となって光子に伝わった。

結局、このあと、当たり前のように光子は古賀邸に連れていかれる。が、光子は自邸に帰りたいなどと口にしなくなっていた。忠士には感謝の気持ちしかない。

邸に着いたときにはもう暗くなっていて、そのまま二階に上がり、夫人室で同じ長椅子に並んで座った。

忠士が手を取り、その甲にそっとくちづけてくる。

「姫さまの真珠のような涙を拝見して、再会してからの自分の行いのひどさを反省しました。今日は強引なことはしませんので寝室にお連れしていいですか？」

――ここまで来て、また家老に戻るわけ？

さっき銀座で心が通じ合ったような気がしたが、よく考えたら、敬愛する〝殿〟が遺した館なのだから、家老として完成させようとするのは当然の行いなのかもしれない。

そんなことを思って複雑な気持ちになっていると、忠士が再び聞いてくる。

「姫さま？　まだぼうっとしていらっしゃるのですか？　隣の寝室でお休みになったほうがいいのではありませんか？」

銀座で泣き疲れて車の中でぐったりしていた光子だった。

「そうですね……。では、お言葉に甘えて休ませていただきます」

光子が立ち上がろうとしたとき、ふわりと浮かんだ。忠士に抱き上げられたのだ。そのまま隣の寝室まで連れていかれ、ベッドに下ろされる。

光子がベッドで足を伸ばすと、足もとに忠士が軽く腰かけ、上体を光子のほうに向けた。

「靴下が窮屈でしょう？」

忠士がスカートの中に手を差し入れてくる。彼の骨ばった大きな手が足を這い上がってくる感覚に光子は身を震わせた。

「姫さまはどこもかしこも敏感でいらっしゃいます」

忠士が靴下吊りを外し、ゆっくりと靴下を引き下ろしていく。

――こんなことが気持ちいいなんて。

忠士によって、どんどん淫らに作り変えられているような気がする。

脚から靴下を抜くと、「楽になったでしょう?」と、忠士が聞いてくる。光子はその蠱惑的な瞳から目が離せず、ただ、「ん」と、喉奥で声を発することしかできなかった。

「では、もう片方も楽にしてさしあげます」

昔の忠士のような優しい笑みを浮かべて言われたら、抵抗できるわけがない。これで両脚とも素足になった。

「姫さまの足、小さくて可愛らしいですね」

忠士が光子のふくらはぎを持ち上げ、頬ずりしてくる。そんな恰好でさえも絵になるのはさすがとしか言いようがない。光子と目が合うと、舌を出し、足指を舐め始めた。

「きゃ」と、光子は驚いて足を引っ込める。

忠士が一瞬、残念そうな表情になったが、すぐにもう片方の足首を取り、その指先をしゃぶってきた。光子が足を引っ込めようにも、しっかりつかまれていてできない。

「駄目……だって……そんなとこ……穢《きたな》いわ」

——なのにどうして気持ちいいの……?

「姫さまに穢いところなんて、ひとつもありませんよ」

諭すように忠士が言ってくるが、その理知的な眼差しと行動が全く合っていない。足の親指と人差し指をまとめてしゃぶっていたかと思うと、指と指の間に舌を押し込んでくる。

「あっ」

光子は後ろに倒れそうになって、肘で上体を支えた。

「指、気持ちいいみたいですね？　そうやって、くつろいでいてください」

再び足指二本をしゃぶられ、光子は、びくんと躰全体を跳ねさせる。

――こんなところを舐められただけで……どうして？

くつろぐどころか全身が張りつめる。

忠士の表情もいけない。顎を上げぎみに下目遣いで見る不遜な眼差しが妙に官能的で、光子は背筋をぞくぞくさせてしまう。

「体調がお悪いようですから、私はこれで失礼します。ゆっくりお休みになってください」

忠士が光子の足をそっとシーツに置いた。

――嘘でしょう？

ここまで光子の躰を火照《ほて》らせておいて、いなくなるなんてひどい。

光子は忠士の袖をつかんだ。

「いや。……忠さま……このままじゃ私、眠れません……」

「もしかして、感じてしまわれたのですか？」

光子が淫乱であるかのような物言いだ。

「そ、そういうわけでは……でも……」

忠士が自身の手袋を外すと、光子のワンピースの腰飾りの下に隠れたホックを外してスカート部分を剝ぎ取った。下半身が靴下吊りとシュミーズだけになる。

「下着が濡れていますね」

シュミーズの上から光子の恥丘を撫で上げる忠士が、喜色を浮かべた。

「んっ……んぅ」

もう絹布自体がぐしゅぐしゅになっている。

「こんなに濡らして、お辛かったことでしょう」

忠士が光子の膝裏をつかんで左右に広げた。

無防備になった秘所に忠士の視線が纏わりつく。そのとき蜜源から滴りが零れ落ちたのが自分でもわかった。

「……は……ぁあ」

ただ、見られているだけなのに、光子はそんな気の抜けた声を発して、そのまま後ろに倒れ、ベッドに身を投げ出した。

「躰を支えられなくなったんですね？　すぐ眠れるよう私が鎮めてさしあげます」

「あっ」

忠士が秘所をべろりと舐め上げてきた。しかも、ちゅうっと強く吸ったり、舌で浅瀬を撫でてきたり、緩急つけてくるものだから、鎮まるどころか下肢が熱くなる一方だ。

「ふ……ふぅん……ただ……」

光子はシーツをつかんでくしゃくしゃにし、何度も腰を浮かせた。

「ここ……可愛いですね」

忠士の息を秘所に感じて悶《もだ》えたところで、彼の指が下生えの中にある芽を撫でてくる。

「んっ……んん……」

そこをいじられながら、蜜源に蠢《うごめ》く舌を感じていると、光子はふわりと宙に浮かぶ。どこまで昇っていってしまうのか。怖くなって光子は忠士の腕にすがった。

「もうすぐ楽になりますから……」

忠士が光子を連れ戻すかのように腰を力強く引き寄せ、舌をぐっと深く押し込んできた。

「あっ、ぁあ！」

光子の中で愉悦が弾けて、彼のもとに墜落する。

霞《かすみ》がかかったような頭で、光子はただひたすら、はぁはぁと胸を上下させていた。

「あぁ、頬を桜色に染めて、なんて可愛らしいんでしょう、私の姫さまは……」

忠士のそんな感嘆は、外界から遮断された光子の耳には届かなかった。


——昨夜、確かに忠さまは強引なことをなさらなかったわ。

だが、足指をしゃぶることは普通の行いだろうか。そういえば最初も、接吻をしようとしてからやめて手の指を舐めていた。

——もしかして忠さま、指がお好き？　ううん。それじゃ変態よ。

だからと言って、光子は嫌いになったりしない。嫌いになれるわけがない。むしろ、その変態性を受け入れられるのが自分だけだとしたら、忠士が光子と結婚することにようやく意味が見出せて、うれしいぐらいだ。

「姫さまのご友人のお名前をここにお書き加えください」

〝武じい〟の声に、はっとして光子は現実へと戻った。

光子は今日、朝から、夫人室の長椅子に座り、家令の武田や侍従から、結婚式当日の段取りを延々聞かされている。そのあと渡された招待客リストには、親戚はもちろん、相馬家の園遊会に招かれていた華族や実業家たちの名前がずらりと並んでいた。

どこからこんな情報を手に入れたのかと戸惑っていたところに、武田に友人の名前を書き加えるよう言われたのだ。〝武じい〟に頼まれたら、おとなしく名前を書くしかない。

——幼いころ行方をくらまして散々迷惑をかけたもの。

今日は休日なので、忠士が光子の隣に座って、澄まし顔で珈琲《コーヒー》を口にしている。昨夜、あんな破廉恥なことをした人間だとは思えない。

そもそも、再会して二週間も経っていないのに、あとは招待状を送るだけという段取りになっているのはどういうことか。

一朝一夕でできた計画とは思えない。おそらく、イギリスに駐在していたときから綿密に練られたものだ。家老として旧福山藩の面目を保つという大義もあるのかもしれない。

――昨日も『殿の望まれるところ』『殿の建物』って〝殿〟を強調していたし……。

ありがたいことなのに、忠士が家老として『殿の娘』と結婚しようとしているのだと思うと、なぜだか心が沈んでしまう。

――父をこんなにも敬愛してくれている忠さまに感謝しないといけないのに。

招待状の送付先だけでなく文面も決まり、武田や侍従たちが部屋から出て行く。

とたん、忠士がこちらを向いて顎をくすぐってきた。それだけで昨夜の甘い痺れがぞわぞわと背を駆け上がる。なんて破廉恥《はれんち》な女になってしまったのか。

――変態の忠さまといい勝負だわ。

光子は下唇を噛んで、官能を抑え込んだ。

それなのに、忠士がにっこりときれいな笑みを作る。彼の背後には、日本でこんなに大きなガラスはここにしかないのではないかという、天井近くまであるガラス窓があり、そこから入り込む明るい光で、彼の瞳はエメラルドのように輝いていた。

「パリでウエディングドレスを五着、買ってきましてね。これからお針子が来るので、選んでいただけますか？」

「ウエディングドレスを何着も？」

そう驚いてから、またあの色っぽいフランス人女性が頭に浮かぶ。

——ローラさんに選んでもらったんだわ。

「本当は姫さまとパリに行って、世界でひとつのウエディングドレスを特注したかったのですが、そうもいかず……男性ひとりで入れるような店ではないのでフランス人女性の力を借りました」

忠士が察したようで、先回りでそう答えた。やはりローラに協力してもらったようだ。

それから、五人の侍女がそれぞれウエディングドレスを抱えて現れた。五着とも白で、手仕事でしかできないような細かな模様のレースがふんだんに使われている。もちろん、デザインは、日本ではお目にかかれない最先端のものだ。

光子はものすごく迷ったが、最もシンプルなものを選ぶ。だが、どれも、胸のあたりが大きく開きすぎている。胸に布を詰めるか、襟ぐりを詰めるしかない。

ローラの豊満な胸が目に浮かぶ。

——あの胸の谷間……女の私だって触ってふにふにしたくなったわ。

忠士といると、劣等感を刺激されてばかりだ。

侍女たちにサイズを調整してもらっている間、忠士が席を外した。お針子と相談したところ、やはり胸元のぶかぶかを詰めてもらうことになる。

——屈辱！

ドレスを待ち針で仮止めした状態になると、侍女が忠士を呼んできた。隣室から現れると忠士は人払いをして「正直まぶしいです」と、よくわからない感想を述べた。

それにしてもここまで外堀を埋められると、もう観念するしかない。

夕方になったらなったで、光子は男装して、書生とともに黒塗りの外車に乗せられ、洋食店『みますや』に連れていかれた。

車の中で、光子と書生を隣り合わせにしたくないようで、後部座席の中央に忠士が座り、光子は忠士越しに富崎《とみざき》という書生と会話することになる。

車の中で給仕の仕事について説明した。この書生は古賀家に住み込んでいるだけあって、英仏語に堪能だ。しかも、体格もよく、光子とは違い、力仕事でも役立つだろう。

——私より、よほど頼りになりそうだわ。

『みますや』の近くで降ろされ、富崎とともに厨房に入ると、「せっかく吉田くん目当ての客も増えてきたのに残念だ」「実家の稼業を継ぐなら仕方ないけど、その語学を活かさないなんてもったいない」などと、辞めることを惜しまれた挙句、「今までありがとう」と、餞《せん》別《べつ》まで渡された。

——もう既定路線なのね。

光子は涙が出そうになる。初めて仕事をして、失敗して怒られることもあったけれど、温かい評価をもらい、そして何より、自分で仕事をしたことで初めて賃金を得た。

こんな喜びを与えてくれたこの店に感謝するとともに、仕事を続けることがかなわない、華族令嬢の自分の身が恨めしくなる。

「吉田くん、お客さまのところに行くとき、ついてきてくれないか。おかしなところがあったら指摘してほしいんだ」

富崎にそう頼まれ、光子は慌てて顔を上げた。

「任せてくれ」と答えつつ、開店したばかりなのにもう客がいるのかと客席をのぞくと、二条英敬がいた。何度も会ったわけではないが、元婚約者の間柄だ。理知的だが陰険さを感じさせるような眼差し、ひょろりと長い体軀――忘れようがない。

――どうしてここに……？

この店は華族が来るような高級店ではない。こんな偶然があるだろうか。忠士に相談しようと一瞬思ったが、一瞬だけだ。【給仕は水商売ですよ】と言ったときの険のある物言いを思い出したら、到底、相談する気にはなれなかった。

相談しても、だからやめろと言ったでしょうと、呆れられるのがオチだ。

――英敬さまのことは黙っておこう。

富崎に声をかけられる。

「吉田くん、どうしたんだ？」

光子が客席に行こうとせず、棒立ちになっているので不審に思われたようだ。光子は声を低くしてこう返す。

「すまない。体調が悪くて……失礼するよ。ほかの先輩に頼んでくれないか」

光子は逃げるようにその場を離れた。今日は、いつもよりずっと気合いを入れて仕事をするつもりだった。最後の日をきちんと勤め上げてから、皆に別れを告げたかった。

——来世は平民の男性に生まれるんだ、私。

裏口から出て人力車を呼ぼうと大通りに向かうと、手を取られる。この大きな手を光子は知っている。

そこには忠士が立っていた。

「姫さま、どうなさっ……もしかして泣いてらっしゃいました？」

「え、泣いて……？　いいえ、ちょっと体調が悪くなっただけです」

光子は慌ててポケットからハンカチーフを取り出して瞼を押さえた。

「体調が……？」

「そういう忠さまこそ、なぜここに？」

「車の中で、姫さまと同乗した余韻に浸っていたら……。すぐ私の邸に戻りましょう」

相変わらず、忠士の発言は斜め上だ。

「でも……昨日も今日も自分の家に帰ってませんわ、私」

「もうずっと私の邸にいらしていただいて大丈夫ですから」

——何が大丈夫なのか。

だが、今は忠士がいてくれて心強い。英敬と婚約していたとき彼が獲物を見つけてほくそ笑むような眼差しを光子に向けていたことを思い出し、背筋が凍りつく。

体調を崩したと告げたせいか、その夜、光子は寝室のベッドでひとり寝となった。彼がいないとそれはそれで寂しく感じてしまう。人間《ひと》の心は自分でもわからないものだ。

翌朝、起きると、侍女に朝食の席へと案内される。

忠士は軍服を着ていて、もう食べ始めていた。光子に気づくと立ち上がって、向かいの席を手で指し示す。

「朝食をともにできるなんて、もう夫婦になったみたいですね」

やわらかな朝陽の中、軍服をばりっと着こなした彼が微笑めば、落ちぬ女性など、この世にいないのではないだろうか。

光子はあまりのまぶしさに目を細める。

朝食は、米に味噌汁、焼き魚、漬物といった典型的な和食だった。イギリスでパンばかりだったので、和食がおいしくて仕方ないのだとか。西洋的な顔立ちでそんなことを力説する姿は可笑《おか》しみがあり、光子は思わず笑ってしまう。

その流れで、光子は玄関前の車回しまで出て、出かける忠士を見送ることになる。

「では、行ってまいります」

「お気をつけて」

――もう奥さまになったみたい。

忠士が冗談めかして敬礼し、車に乗り込む。

車が発進して見えなくなると、光子はくるっと踵を返した。

――忠さまに頼ってばかりいてはいけないわ。

忠士が、平日は遅くまで帰れないことが多いのはもう調べ済みだ。今日は、フランス愛好会で知り合った子爵夫人の園遊会に行こうと思っている。

光子がフランス料理店をやるにあたって何か利点があるとしたら、華族の人脈しかない。

忠士が洋館を完成させる気なのだから、小さな料理店を開きたいなどと言って逃げるのはやめだ。

ドレスに着替え、古賀家の車で桜小路邸まで行くと、光子は車を返す。玄関に入ると、信子が、その大きな瞳をカッと見開いた。

「まあ。素敵なドレス！」

そういえば、忠士にもらったドレスを着ていた。というか、自邸に戻っていないので、忠士にもらった服しかない。

「そういう信さまこそ、とてもお似合いよ」

耳が隠れるくらいの長さでカールした髪に真っ赤なドレス。その派手な顔立ちと相まって、まるでフランスのファッション誌から抜け出てきたようだ。

「これ、兄のフランス土産なの」

「やっぱり、ファッションはフランスなのね」

「いえいえ、食だってフランスよ！　イギリスは全然おいしいものがなかったって兄が言っていたもの」

女学校時代のように、かしましくしゃべりながら、桜小路家の車に乗って、園遊会に出かけた。

――今日こそ、おいしい店や腕のいいシェフの情報を集めるんだから！

そう思って光子は勇ましく邸に足を踏み入れる。まず気になるのがビュッフェの食事だ。

フランス料理だけでなく和食も美しく並べ立てられている。

「カナッペ、色とりどりできれいね」

信子と話していると、背の高いフランス人女性が目に入った。

――ローラだわ！

フランス人も数名招かれているので、彼女がいてもおかしくない。

ローラのほうも光子に気づいたようで、近寄ってくる。片手にワイン、片手に皿があった。

「あら、コケシ、お元気そう」

そう言ってローラはぐいっとグラスを傾けてワインを飲み干すと、近くの給仕に渡した。

信子が私は味方よとばかりに、光子と腕を組んで警戒態勢に入る。

「私はこけしじゃなくて、相馬光子です」

ローラが据わった目をこちらに向けてきて、皮肉っぽく口の端を上げた。

「コケシのくせに、もうすぐ、ミツコ・コガになるわけ？」

顔がほのかに赤く、酔いが回っているようだ。

なんと答えたらいいかわからず、光子が逡巡《しゅんじゅん》していると、彼女が手にする皿が目に入った。そこには鮨《すし》が三貫のっていた。

「カナッペもあったのに、お鮨なんですね？」

何を聞いてくるのかと、ローラが素っ頓狂な顔になる。

「鮨は好きだけど、日本のカナッペは好きじゃないわ。だって、パンがぱさぱさよ」

「もしかして、日本のフランス料理はおいしくないものが多いんですか？」

するとローラがフランス語に切り替えた。日本語で答えるのが難しいと思ったようだ。

【フランス人のパンへのこだわりには並々ならぬものがあるのよ。フランス革命のとき『パン政令』が出されたぐらいにね。パリの鮨がまずいのと同じこと。タダシもフランスでは鮨はまずくて食べられないと言っていたわ】

【きっとお米も日本のものとは違うんでしょうね】

ローラがうなずきそうになってから、はっと目を見開いた。

【なんでこんな話に……。それより、あなた、タダシがかわいそうと思わないの？】

——かわいそう？

光子がぽかんとしていると、信子がからめる腕に力をこめてきた。フランス語を話すのは苦手だが、あるていどは聞き取れるので、対決姿勢になっている。

ローラが話を続ける。

【あなたのお家、没落したそうじゃない。タダシはサムライだから、昔の王の娘を救おうとしているだけよ。あなた、二回も婚約をやめたんでしょう？　タダシともやめたらいいわ】

もっともな助言である。

「光の君は日本語にしてよ」と、信子に耳打ちされ、光子は日本語に切り替える。

「おっしゃる通りです。私もやめたほうがいいと思っています。まだ忠さま……忠士との婚約は新聞に載っていないから、今のうちです」

ローラが怪訝そうに眉をひそめた。

「あなた、タダシを愛していないの？　それなら私がもらうわよ」

「そうです。それがいいです。きっと忠士もローラさんを愛しています。〝昔の王の娘〟を救うなんて、私もよくないことだと思いますわ」

外国人との結婚が難しいことは、母親がフランス人である忠士が一番知っている。きっとはなから諦めているのだ。

――だからって、家老として殿の家を救うために姫と結婚するなんて時代遅れよ。

信子が肩を寄せてくる。

「そうよ。独身同士で私とずっと仲良くしていきましょうね」

そのとき、ローラが刮目《かつもく》した。何か恐ろしいものでも見たような表情だ。

振り返ると、そこには忠士が壁のように立ちはだかっていた。朝の軍服姿のままだ。

「あ、あら……忠さま、今日はお勤めでは？」

――ていうか、私がここにいるのはどこから漏れたのよ……。

「私は少佐ですから、あるていどの自由があるのです。私のいないところで、私を押しつけ合うのはやめていただけますか？」

確かに忠士に失礼だったかもしれない。

「押しつけているのではなく、ローラさんのほうが忠さまにお似合いと思ってのことです」

そのとき、また、忠士にあの悪魔スイッチが入る音が聞こえた。

「光子さん、そろそろ帰りますよ。結婚式の準備をしましょう」

信子がもう片方の腕を引っ張る。

「またしても？　せっかく光の君と遊びに来たのに、古賀伯爵が邪魔してばかり！」

忠士が不服そうに双眸を細めてから、溜め息をついた。

「それもそうですね。失礼いたしました。しばらく園遊会を楽しみましょう」

――さすが信さまだわ。

目つきの悪い軍人をものともしない、これぞ生粋《きっすい》の華族令嬢である。

光子が目で感謝を伝えると、信子が満足げにうなずいた。

「ビュッフェに行きましょうよ」

信子が光子の手を引いてくれる。

――助かった！

そう思って光子が忠士を一瞥したところ、忠士はもう光子を見ておらず、ローラと会話をしている。なぜか急に心が沈んだ。

――私ってば、なんて欲張りなの。

光子は慌てて前を向いて、ビュッフェをのぞき込んだ。色とりどりの具材をのせたカナッペは、光子にはおいしそうに見える。

――『パンがぱさぱさ』って言ってたけど……。

光子は鮭《さけ》とチーズがのったカナッペを口に入れる。確かに、フランス大使夫人が焼いたパンよりおいしくない。焼いてから時間が経ちすぎたのか、かちかちである。

そのとき、若い女性たちの話し声が聞こえてきた。光子より少し年下の華族女性たちで、ベンチに座っておしゃべりをしている。

「あの背の高い方が古賀伯爵よ」

「あの方が!?　軍服を着ていなかったら、外国人だと思ったところだわ」

「最年少でイギリス駐在武官に抜擢されて、あちらでの功績が認められて、戻ってきたら参謀本部の少佐ですって。少佐よ!?」

華族は軍で抜きん出ることが重要視される。そういう点からも、その美しい外見からも、忠士は社交界の寵児だった。

「まだ二十七歳なんでしょう?」

「お父さまにお願いして、なんとかお見合いさせてもらえないものかしら」

――私も父が生きていたら、こんなふうに無邪気に結婚したいと思えたのに。

すぐに、それはないと思い直す。

幼いころ、忠士にひどいことをたくさんした。

それに輪をかけるように、今、相馬家は借金で迷惑をかけているのだ。

そのとき、光子の頭の中で、フランス料理店を開きたいという夢と、借金が結びついた。

――自分の力で稼いで、お金を返せないものかしら。

そう思って忠士を見たら、大勢の淑女たちに囲まれている。急に胸がむかむかした。

――あの中から、出世に役立ちそうな娘でも選んだらいいんだわ。

すると、忠士と目が合って、光子は慌てて目を逸らす。

それなのに忠士がこちらに向かってきた。忠士の移動とともに女性たちの集団も漏れなくついてくる。

「光子さん、そろそろ園遊会も終わりです。帰りましょうか？」

「え？　ええ……」

戸惑いながら、周りの淑女たちを見渡すと、皆が『この女、古賀伯爵とどういう関係!?』と言わんばかりに凝視してきた。

皆の圧に応えて、光子はこんな説明口調で話し出す。

「確かにお父さまは私の父と仲がよかったけれど、私のことはお構いなく。信さまに自邸まで送っていただきますから」

忠士も負けていない。肩を抱いて、周りに聞こえるようにこんなことを言ってくる。

「光子さんは遠慮深いですね。私たちはもう来月には結婚する仲ではありませんか」

周りの淑女たちの目が一斉に白玉団子みたいになった。

そんな中、「というわけで皆さま、ごきげんよう」と、忠士が強引に光子の手を引く。

──昨日は反省して、強引なことはしないって言っていたのに！

「忠さま、あんなことを言ったら噂になりますわ」

明日にはもう社交界中に広まるだろう。フランス人とのハーフにして、軍の出世頭である古賀伯爵の結婚相手が、まさかの婚約解消二回の没落令嬢なのだから──。

「噂にしないと駄目だと今日悟りました」

「ど、どういうことです？」

忠士がくるっと、こちらに顔を向けてきた。

「どうもこうも、なぜ私をほかの女性とくっつけようとなさるんです！」

ローラのことを言っているのだろう。

そのときの忠士は、今までのように怒っているという感じではなく、どこか傷ついたような、やるせないようなそんな表情だった。

「ローラさんのこと、お好きなわけじゃなかったんですね」

「どうしたら、そういう発想になるんですか」

光子だって、好きでもない人とくっつけようとされたら、腹が立つだろう。

――私、浅はかだったわ。

「ごめんなさい」

駐車場が見えてくると、忠士が身を屈めて光子に耳打ちしてくる。

「今日はお仕置きですよ」

苛立《いらだ》ったような声だ。

それなのに光子は、ぞくぞくと甘い予感に包まれるのだった。

第五章　甘い新婚生活が待っていた？

「お仕置き、してほしいようですね」

舌なめずりでもしていそうな忠士の声が聞こえてくるが、本当のところ、どんな表情をしているのかは、光子にはわからない。

というのも今、光子は目隠しをされているからだ。

古賀邸に戻るなり、ベッドに下ろされ、忠士がネクタイを二本出してきた。何をされるのかと思ったら、両腕を頭上でひとつにくくられ、もう一本で目隠しをされたというわけだ。

視界を失うと、音に敏感になる。

ベッドが軋《きし》む音がした。

次の瞬間、ドレスのホックを力任せに外され、シュミーズをたくし上げられる。乳房が外気に触れた。彼の瞳は見えないはずなのに、そこに纏わりつく視線を感じる。

「あっ」

きゅっと乳房の先端がすぼまる。彼の冷たい指でよじられたのだ。見えないのでどこを触られるのか予測がつかず、光子は驚いて声を上げてしまった。

「もう尖ってますよ？」

乳首を引っ張られたかと思ったら、次の瞬間、いきなり生温かいものが触れるものだから、光子はびくっと背を反らせる。

胸の芯をちゅうっと強く吸われた。忠士はわざと音を立てている。

そんな音を聞かされ、光子の躰は昂《たかぶ》る一方だ。

彼の唇が胸から離れるとすぐに、もう片方の乳暈《にゅううん》に濡れた舌が這う。口内に含まれ、口蓋と舌でしごかれる。

「ぁあ！」

はぁ、はぁと光子は荒い息で快感を逃そうとするが、そのとき、脚のつけ根が大きな手で覆われ、指で、あの気持ちよくなる芽のようなところをくりくりと撫でられた。

光子は顎を上げ、脚をびくびくとさせてしまう。

「忠……さま……んっ……わた、くし……おかしく……」

忠士が、ちゅっと音を立てて乳暈から唇を離した。

「姫さま……すごく濡れて……私のことを欲しがってますよ？　躰のように正直になったらいかがです？」

これではまるで、光子が淫乱な女のようではないか。

——忠さまのことが好きだから……こうなるのに……。

だが、そんなことは言えない。光子はぎゅっと下唇を噛んだ。

「強情ですね……いいですよ。どのみち私たちは結婚するんですから、今のうちに慣らしましょう」

――慣らす？

ちゅぷっと沈められた中指が鉤状になって蜜壁をぐりぐりと押しながら、蜜をかき出していく。水音が立つ。

「大分、ほぐれてきました」

喜色を含んだ声がしたそのとき、じゅぷりともう一本の指が挿し入れられる。

「は……ぁあ」

光子は頭頂をシーツに押しつけ、かかとを突っぱねて弓なりになった。

「そんなに胸を押し出して……触ってほしいんですか」

ふたつの乳首に、同時に指が触れた。もう片方の手の指は光子を中から圧したままなので、胸の上で片手を広げているのだろう。そっと先端に触れただけなのに、光子は全身に電流が奔《はし》ったような衝撃を受けた。

喘ぎ声が止まらなくなる。

「中がひくひくしているの、ご自分でもわかります？　私を欲しがってますよ？　でも、まだ、あげられません」

ずるりと指が抜かれる。蜜壁をこすられ、光子は腰をよじって悶える。あと少しで頂点にたどり着きそうだったのに指を外された。これがお仕置きなのだろうか。

そのとき、膝を持ち上げられ、太ももの狭間に硬くて湿ったものがぬるりと這った。

――これ……忠さまの……？

「これにも慣れてください」

忠士は、最後までする気かもしれない。だが、光子にはもう抵抗する気力が残っていなかった。秘所に剛直をなすりつけられるたびにぐちゅぐちゅと卑猥な音が上がっている。その感触と音で頭がいっぱいになり、躰の境目も思考も蕩け始める。ねだるような甘い声が自ずと喉奥から零れ出す。

「あ……忠さ……ふぁ……あっ……ん」

「くっ……姫……さ」

そのとき、光子の下腹に生温かいものが放たれた。しばらく荒い息がして、何か布のようなもので拭き取られる。

「姫さま」

光子は抱き起こされ、深くくちづけられた。

そうしながら忠士が二本の指で光子の中の路《みち》を押し広げ、浅瀬でかき回してくる。光子は腰をびくびくと揺らし、胸の先端が忠士のシャツとこすれる。

「……ふ……んん……ふ」

唇を塞がれたままなので、喉奥から声にならない声が漏れた。

そのとき、ぐっと奥まで指で突き上げられ、光子は下腹がきゅっと締まった感覚とともに、全身を弛緩《しかん》させる。だらんと上半身を後ろに倒した。

「……私の躰なしには生きられなくなればいい」

そんな忠士のつぶやきは光子の耳に入ることはなかった。


それから結婚式までの一ヶ月は、光子が生きてきた中で最も忙しい一ヶ月となった。

まず、光子は忠士に連れられて、病床の母のもとで結婚の報告をした。なんていい縁談かしら、お父さまも草葉の陰でお喜びだわと、涙ぐんで言われ、もう引き返せなくなる。

――これが忠さまの目的よね、きっと……。

兄には小説に集中したいから帰ってこなくていいと言われ、光子は古賀邸に居座ることになった。さらには、宮内大臣から結婚の許可が下り、両家で結納も行われ、いよいよ退路を断たれる。

結婚式当日の段取りについての打ち合わせ、仲人《なこうど》をしてくれる大将夫妻への挨拶、嫁入り道具の搬送準備などに追われる日々の中、忠士は毎夜のように光子の躰を愛撫してきた。だが、最後の一線は越えようとしない。

いっそしてほしいと、光子は何度口にしそうになったことか。

光子を達《い》かせたあと、忠士が「もうすぐ本当の夫婦になれますね」と囁いてきたことがある。つまり、忠士は結婚するまで子どもができるようなことを避けるつもりなのだ。

結婚披露宴の招待状が届き始めたころ、誰が漏らしたのか、新聞にふたりの婚約の記事が載った。『美貌の令嬢、三度目の正直となるか』など、婚約解消の過去を蒸し返すような内容で、光子は朝から暗澹《あんたん》たる気持ちになってしまう。

それなのに、朝食のテーブルに着いて新聞を広げている忠士は、「この角度から撮った姫さまは美しいですね。ですが、本物にはかないません」と、満足げに新聞から顔を出してきた。

――相変わらず、発想が斜め上だわ。

そのうち雑誌も、婚約三回目の光子のことを、おもしろおかしく書き立てることだろう。

そして、ついに結婚式当日――。

午前中は、仲人の大将夫妻と親族のみ招いて大神宮で結婚式を挙げる予定だ。忠士が五つ紋の黒紋付羽織袴で現れたときは、その堂々たるさまに目を奪われた。

――和服もこんなに似合うなんて……！

「姫さまは着物が本当に似合いますね」

掠《かす》れた声で耳もとで忠士に囁かれ、胸のドキドキが止まらなくなる。光子はそんな気持ちを押し隠してこんな憎まれ口を叩いてしまった。

「どうせ、こけしですから」

忠士が、遠くを見るような目でしばらく考えたあと、にっこり笑う。

「マリー・アントワネットの時代じゃあるまいし、今は洋装だってないほうがおしゃれで、皆、〝乳おさえ〟で平らにしているぐらいですよ?」

ちらっと胸元を見られる。

――最低!

光子は忠士に平手打ちでもくらわせたい気持ちになる。最近、忠士への罪悪感が薄れてきたわけがわかった。

――だって、天使が悪魔になっちゃったんだもの!

ふたりで控室に入ると、母と兄がすでに長椅子に座っていた。ずっと伏せていた母が最近、起き上がれるようになり、今日ここに来ることができた。

これは、心労を取りのぞいてくれた忠士のおかげだ。

――忠士にはいくら感謝しても感謝し足りないわ。

母が立ち上がり、光子のほうに近寄ってくる。

「光子の花嫁姿が見られるなんて、本当にうれしいわ。とってもきれいよ。お父さまがご覧になったら、どんなに喜ばれたことでしょう」

母がハンカチーフを取り出し、目もとを押さえた。

それなのに、長椅子に座ったままの兄、秀文がこんな言葉を投げかけてくる。

「父上は光子を猫可愛いがりしていたから、ほかの男に取られたって、違う意味で泣いていたかもしれませんよ」

兄が場の空気を壊したのをものともせず、忠士は母に真摯《しんし》な眼差しを向けた。

「姫さまは、必ずお幸せにしますから、お義母《かあ》さまは、安心してご静養ください」

光子は、その言葉に感動してしまう。

──本当にありがたいわ。

「ええ、ええ。そうですわね。こんな立派なお婿さんで、私、本当に安心できましたわ。孫の面倒を見られるぐらい元気にならないといけませんね」

──孫！

結婚とはそういうことだ。だから忠士は、婚前は頑なに最後までしなかった。

──今晩から子作りが始まるってこと？

結婚とはなんという恐ろしい制度なのか。

──親公認で、あんないやらしいことを毎晩するわけ!?

そんなことを悶々と考えていると、忠士に耳打ちされる。

「顔、真っ赤ですよ」

ぎょっとして忠士を見る。

彼が苦笑していた。

いやらしいことを考えているのを見透かされたようで、光子はますます顔を熱くした。

そのあとは一転して厳かな雰囲気の中、仲人と親族に囲まれ、神前で三々九度《さんさんくど》の盃《さかずき》を酌み交わし、結婚の儀式は終わった。


午後になると、一同は古賀邸へと移る。招待客が千人規模の結婚披露宴ができるような邸は、この東京府ではなかなかないだろう。

光子は古賀邸の二階に上がり、ウエディングドレスに着替える。大きな姿見の前で、侍女たちが、引きずるほど長く、ふわふわしたベールを整えてくれた。頭を覆うベールには、真珠と、花型に模られた羽根が飾られていた。

扉が開く音がして、忠士が夫人室に入ってくると苦悶の表情を浮かべた。

「こんな美しい女性《ひと》と結婚して許されるものなのだろうか……」

今まで押せ押せだったのに、急に何を言い出すのか。

それに、忠士のほうがよほど美しい。黒地の上衣に左右に並んだ金釦の大礼服が決まっている。

楽団の演奏が始まり、赤いベルベットが敷かれた大階段を忠士とふたりで下りれば、国の要職に就く錚々《そうそう》たる面々が拍手で迎えてくれる。その中に信子を認めて、光子はほっと息を吐いた。だが、安堵したのは一瞬だけだ。階段を下りるとすぐに大臣や将校夫妻を紹介され、いよいよすごい人と結婚してしまったと光子は縮み上がる。

さすがに今日は花嫁が主役なので、皆、一様に「古賀伯爵がご執心なのも納得のお美しさですな」などと褒めてくれるのだが、軍人たちとの会話の中に気になる言葉があった。

「藩主の姫を娶るとは、さすが古賀少佐」

やはり、この縁組は、没落した姫を家老が救ったようにしか見えないのだろう。

特に気になったのが、大将閣下のこんな言葉だ。

「本当は姫のために帰国したのではないのか？　上海での活躍を期待しているよ」

――上海？

なぜ中国の上海が出てくるのかわからない。それ以上にわからないのは『本当は姫のために帰国した』という行《くだり》だ。忠士が帰国したのは襲爵のためのはずである。

忠士が今まで見たことのない生真面目な表情で、「ご期待以上の成果を上げてまいります」と、敬礼していた。

重鎮との挨拶が一通り終わって、忠士が軍の同期に囲まれたところで、光子はようやく信子と話すことができた。

「光の君がお嫁に行っちゃうなんて……私、これから何を楽しみにして生きていけば……」

感極まったのか涙が零れて、信子がハンカチーフで目頭を押さえている。

「何を言っているの。これからも今まで通り、仲良く遊んでちょうだい」

光子が信子の肩に手を置くと、隣の博貴がシャンペングラスを掲げた。

「遊ぶというなら、私といかが？　フランスでは若い淑女より人妻《マダム》のほうが、人気があるんだよ」

「や・め・ろ」

忠士が怖い顔で背後から現れると、博貴が目を上向けておどける。

「それにしても、こんなに美味なテリーヌはパリのレストラン以来だよ」

博貴が食べかけのテリーヌがのった皿を差し出した。

「ああ。父は君と同じくフランスに留学していたし、なんといっても前妻がフランス人だったから、うちのシェフはフランスで修業をさせられているんだ」

「そういえば、お父上は、よく外国人を招いて夜会を開いていらしたよね」

「ああ。民間外交でまずいものを食べさせるわけにはいかないだろう？」

「そうそう、先日の園遊会と違って、パンもおいしいわよ」

今度は信子がカナッペをのせた皿を少し掲げた。

「うちは窯があるから、焼きたてなんだ」

当然とばかりに忠士が答えると、信子が光子を膝で突《つっ》いてくる。

「ちょっと！　光の君、灯台もと暗しじゃない？」

「……確かに」

信子が興奮した面持ちで続ける。

「フランスで修業し、外国の要人たちをも魅了した古賀伯爵邸のシェフの料理が食べられるフランス料理店！　絶対お客、来るわよ」

「確かに！」

――そうしたら、銀座の洋館で富を生んで、忠士に借金を返せるわ。

光子は忠士に期待の眼差しを向けるが、忠士は不服そうに半眼になっていた。

「シェフは絶対に貸さない。私と光子さん、そして私たちの客人のためだけにいるんだから、ほかの男には食わせられない」

――何そのこだわり……。

光子が啞然としていると、フランス訛りの色っぽい女性の声が聞こえてくる。

「タダシ、ここのフレンチ、日本に来て一番、おいしい」

ローラが笑顔で忠士にそう告げたあと、冷たい目で光子を見下ろしてくる。

「あら、コケシ、私が選んだウエディングドレス、かなり胸のところ詰めたようね」

痛いところを突かれ、光子が答えあぐねていると、忠士に腰を引き寄せられた。

「光子さんは華奢だから」

忠士は助け船を出したつもりかもしれないが、自分の裸を見たことのある人の感想なので、見透かされたようで恥ずかしい。

「お幸せそうで何より」

ローラがふんと鼻をならして去っていった。


夜が更け、玄関で最後の招待客を見送ったあと、忠士が光子と向かい合い、真剣な表情で光子の手を取ってくる。

「これで、畏《おそ》れ多くも私が姫さまの夫となります」

——何を、今さら畏れ多いとか？

「……よろしくお願いします」

光子が小さくお辞儀をすると、忠士が首を振った。

「よろしくお願いするのは私のほうです」

忠士が目を細めて微笑んだ。こういう邪気のない笑みは、小さいころと変わらない。

――夫婦になったら、あの悪魔スイッチは入らなくなるのかしら……。

悪魔みたいになるときは、何か焦りのようなものを感じることが多かった。今の忠士に、そんな感情は見られない。いつものように光子を先に階段に上げるのではなく、光子と手を繋ぎ、並んで階段を上って夫人室へと向かう。

夫人室では、侍女たちが光子を待ち構えていた。

「奥さまをよろしく頼むよ」

そう告げて忠士が去っていく。

――奥さま、奥さま、奥さま……。

耳慣れない言葉が光子の頭でやまびこのように響き渡る。幼いころ、大人になってもこの邸で忠士と過ごせたら、どんなに楽しいかと夢見た。幼いだけに、それが『奥さま』と呼ばれるような立場になることまで想像が及んでいなかったのだ。

――あのころ、古賀のおばさまって、ものすごく立派に見えたものだけど……。

彼女は当時まだ三十前だった。そんなことに思いを巡らしていると、侍女たちの興奮した声が耳に入ってくる。

「こんな大規模な会は久しぶりですわ」

「このお邸が息を吹き返したみたいでうれしいです」

前《さき》の古賀伯爵が亡くなってからというもの、ここでパーティーが催《もよお》されることがなかったのだ。

侍女たちは今日の披露宴について、口々に感想を述べながら、光子のウエディングドレスを丁寧に脱がしていく。自身を纏う布地が減っていくにつれ、光子は、そのときが近づいてくるのを感じた。

——初めては相当痛いって聞いたけど……！

光子はこの段になって急に怖気《おじけ》づく。

「奥さま、お寒いようでしたら、ガウンを羽織りますか？」

侍女に問われ、光子はいつの間にか、白いネグリジェ一枚になっていることに気づく。

「寒いわ！　どうしましょう。風邪かしら！　ガウン一枚と言わず、二枚お願いするわ！」

「二枚でございますか？　それでしたら、暖房を点けてもらいましょう」

暖房なんか点けたら、ネグリジェ一枚でも暑く感じてしまう。

「い、いえ！　やっぱりガウン一枚で十分かも！」

ネグリジェにガウン一枚を羽織ると、侍女が隣室へと続く扉を開けて、中に向けて手を差し出す。入れということだ。もちろん、隣の部屋は寝室である。

——寸前までなら何度もしたじゃない。こんなの平気なんだから！

それなのに、なぜ今、光子はこんなに緊張しているのだろう。

思い切って中に入ると、薄手のガウン一枚の忠士が窓を開けて、その枠に腰かけ、煙草《たばこ》を吸っていた。

どこを見るともない眼差しの横顔に烟《けむ》る煙草の煙――。

――絵になりすぎでしょ！

「忠さまったら、煙草をお吸いになるんですのね」

「間《ま》を持たせるのに煙草が使えることがあるんですよ。それで、たまに」

忠士が窓枠に置いた陶器の灰皿に煙草を押しつけて消すと、床に下りる。

手を振って、おいでおいでをされたものだから、光子が近づくと、忠士が窓外に目を遣る。

「覚えてます？　あの温室」

月もない真っ暗な夜の庭で、ガラス張りの温室だけが、中を照らすランプによって宝石箱のように輝いている。

実家に帰る日、ここに隠れて迷惑をかけたことが光子の頭を掠めた。

「ええ。ええ。覚えていますとも」

迷惑をかけられたというのに、忠士がなぜか満足げに目を細める。

「私も昨日のことのように覚えています。おや？　厚手のガウンなんか羽織って……寒いんですか？」

そう言いながら忠士が窓を閉めた。

「え、あ、まあ。寒いというか、涼しいというか。窓が開いていたせいか、この部屋は涼しいので羽織ってきてよかったですわ！」

——我ながら何を言っているんだか。

「なら、早く温めてあげないと、ですね？」

忠士が光子の分厚いガウンを剝ぎ取ってベッドに抛ると、ぎゅっと抱きしめてくる。

——確かに……温かい。

こんな落とし穴があるとは。躰を温める方法は、着ることだけではなかった。

「姫さま」

「……結婚しても〝姫さま〟なのですか？」

「うん？　そうですね。幼いときから姫さまと呼んできた人が今、畏れ多くも私の腕の中にいらっしゃるんですから、姫さまと呼ばせていただきたいですね」

甘い声だが、言っていることはどうかと思う。サムライの下克上的喜びなのだろうか。

忠士がベッドの上掛けをめくり上げると、光子をシーツに仰向けに下ろし、その大きな躰で覆いかぶさってきた。片手で上掛けを引っ張り、ふたりの上にかける。光子が寒がっているると思っているようだ。本当はネグリジェ一枚でも寒くなかったが、今さら言えない。

忠士は片肘で自身の躰を支えて光子のネグリジェのりぼんを解き、釦をいくつか外すと、ネグリジェを引っ張り上げる。一時的に布地で視界を覆われたが、ネグリジェが顔部分を抜けると、目の前に忠士の瞳があった。

彼の顔はベッド脇のランプに照らされ、艶めいた雰囲気を醸し出している。光子の心臓がどきりと跳ねた。顔がさらに近づいてきて唇が重なる。いつもと違う煙草の匂いがした。

——でも、いやじゃないわ。

いやなわけがない。忠士はずっと、光子の憧れの男性《ひと》だったのだから——。

当たり前のように光子の口内に彼の肉厚な舌が入り込んできて舌をからめとる。そうしながらも、彼は自身の腰紐《こしひも》を解いて両腕を抜いた。

「すぐに温かくしてさしあげます」

忠士が横寝になって、ぎゅっと抱きしめてくる。

裸で抱き合うのは初めてだ。肌と肌が直に触れ合うのがこんなに気持ちいいことだとは思ってもいなかった。

胸筋は想像とは違って硬くなく、すべすべとしていた。胸板で乳房が圧され、胸の芯から快感が広がっていく。そのとき、忠士の滾《たぎ》ったものが当たった。

——つ、ついに……！

「慣らしてきたから……そんなに痛くならないとは思いますが……」

安心させようとしているのだろうか。

「頑張ります！」

ぷっと笑われて、頬に彼の息がかかる。

「頑張るのは私のほうです」

こんなふうに会話していられたのは初めだけだ。横で向き合ったまま、耳を甘嚙みされ、首筋に沿って舌を這わされ、腰を強く抱き寄せられて乳頭を吸われれば、早くも頭に靄《もや》がかかっていく。

「……忠さまぁ……」

光子は忠士の頭に手を伸ばし、その髪の毛をくしゃくしゃとしてしまう。脚だってそうだ。さっきからでたらめに動いている。じっとしていられないのだ。

だが、そんな動きをものともせず、忠士がもう片方の乳首に唇を移して舌を押しつけ、力強く舐め上げる。そうしながらも、もう一方を指で撫で回してくる。

光子は下肢がじんじんと痺れ出し、荒く息をして快感を逃す。

ちゅっと音を立てて、忠士の唇が胸から離れる。

「そんなふうに啼かれたら……」

忠士が自身の躰の位置を引き上げる。そのとき、硬く滾ったものが太ももに当たった。この感触を光子は知っている。目隠しされたとき、秘所を這った彼の雄芯——。

忠士が欲望を解消したのは、目隠しで光子に見られないようにしたあのときだけだった。あとはいつも、光子を気持ちよくさせるだけで、彼の悦びは後回しになっていたのだ。

——今日は……忠さまも気持ちよく……なってくれる？

忠士が、光子の脚の間に片脚をねじ込み、大腿で前後にぬるりと秘所をこすってくる。そのがっしりとした大腿をもっと感じたくて、光子は太ももですりすりとしてしまう。

「姫さまの太もも……やわらかくて……私は……もう……」

苦しげな声に耳をくすぐられ、光子はいよいよ昂ってしまい、忠士の背にしがみつく。

「忠さま……私に……ください」

「姫さま……今少し慣らしてから……でないと……壊してしまいそうです」

忠士が横寝のまま大腿で光子の片脚を持ち上げ、脚の付け根に指を沈ませてくる。そうしながらも親指で秘芽を弾いた。

「あっ……もう……わた……くし！」

「まだ……待ってください」

忠士が指をもう一本増やし、二本の指で襞を押し広げて蜜壁をこすってくる。こんなことをされてはいよいよ光子は切羽詰まってしまう。

「も……駄目……ただ……」

指を外されるとすぐに、下肢に未知の感覚が訪れた。指とは違う圧倒的な質量、そして弾力のあるそれが、浅瀬にぐちゅっと押し入ってくる。

「あっ……忠さま……熱い、熱いわ……」

気づけば光子は顔を左右に振ってそう訴えていた。暑いというより躰の中が燃えるように熱い。

だが、忠士は暑がっていると受け取ったようで、繭《まゆ》のようにふたりを包《くる》んでいた上掛けをばっと剝いだ。

「きつっ……姫さま、力を抜いて」

「あ……無理ぃ……だって……」

忠士が光子の尻をつかんで固定し、剛直をさらにぐっと押し込んできたそのとき、下肢に痛みが奔《はし》る。

「いっ……！」

「痛むんですか？」

「いいのっ……忠さま……」

光子だって忠士に悦びを与えたかった。

「姫さま！」

忠士が一気に最奥まで突き、みっしりと蜜孔が塞がれた。痛みとともに、彼とひとつになれたような幸せがあふれ出す。光子は彼の背に回した手に力をこめた。涙が滲んでくる。これは痛みではなく、喜びの涙だ。

「忠さま……たださ……ただ……さまぁ……忠さま……」

光子は自身の一番深いところまで彼に埋めつくされ、繰り返し彼の名を呼んだ。

忠士がそのまま光子を仰向けにして組み敷き、何度も腰をぶつけて、光子を中から揺さぶってくる。

彼の律動が速まっていくにつれて、光子の声は嬌声《きょうせい》へと変わっていく。汗を滲ませた肌と肌が触れ合えば、互いが混ざり合い、溶け合っていくようだ。

光子は躰の芯から急激にこみ上げてくる何かに攫《さら》われ、ふわりと高みへと浮かんだ。

ぼんやりとした頭で、「姫!」と、情熱的に抱きしめてくる忠士の力強い腕を感じたのを最後に魂が抜けていった。


結婚式で疲れていたのか、起きたら朝だった。信じられないことに、目の前に、子どものときのようにエメラルドグリーンが強く出たはしばみ色の瞳がある。カーテンの隙間から漏れる朝陽でその瞳はきらめいていた。

「おはようございます」

はにかんだように忠士が言う。

——な、何、今の……照れて……? 可愛いんですけど!

忠士が光子の頭を撫で、唇が重なるだけのくちづけをしてきた。

——これ、誰?

悪魔が天使に戻った。昨日、神主によって悪魔は祓《はら》われたのだろうか。

「おはようございま……っ」

光子が身を起こすと、下肢に痛みが奔《はし》った。

表情に出てしまったのか、忠士が急ぎ上体を起こして肩を抱き、心配げに尋ねてくる。

「大丈夫ですか」

「は……はい。なんのこれしき！　武士の娘ですもの！」

そう言ってから、光子は自分を叩きたくなった。これでは、家老が乗り移った忠士といい勝負ではないか。

――もう武士なんかいないのに……。

忠士がぷっと噴き出した。屈託のない笑みだ。

――こういう笑顔を見られたから、まあ、いいか。


光子はネグリジェにガウンを羽織って食堂に行き、大きなテーブルで忠士と向かい合って朝食を食べる。恥ずかしくて顔を上げられず、ムニエルのヒラメの目をひたすら見ていた。

帰国して間もないころこそ忠士は和食ばかり食べていたが、最近は朝食がフランス料理になっている。

——ここの料理長のフランス料理は本当においしいわ。

忠士が軍服に着替えると、光子は玄関まで送りに出た。母が毎日こうしていたので、その真似だ。

「いってらっしゃいませ」

光子がそう告げると、忠士が手を取り、手の甲にくちづけてきた。

——ちょ、ちょっと武じいも見てるっていうのに！

それにしても、夫になったのだから、手の甲は変ではないだろうか。

——かといって、公衆の面前で唇というのも困るけれど！

周りの視線が気になって、光子は目を泳がせてしまうのだが、忠士が満足げに微笑んだ。

「今夜は、たとえ大将に誘われてもつきあわないから。晩餐を必ずともにしましょう」

「さすがに大将閣下なら、おつきあいしたほうがよろしいのではありませんこと？」

光子が軽口を叩くと、忠士が冗談めかして軍帽の目庇《まびさし》をつかんで少し浮かせ、踵を返す。

光子は車寄せへ出て、忠士の車が消えるまでそこに立っていた。


こんな甘い毎日が続く中、光子は大切にされればされるほど、居心地の悪さを感じてしまう。というのも、この生活が借金を肩代わりさせた上で成り立っているからだ。

ある朝、車寄せで忠士を見送ったあと、光子は家令の武田にこう告げた。

「これから私、日本橋の丸良《まるよし》に行ってきます」

丸良は日本一の大型書店で、料理関係の洋書を買おうと思ってのことだ。

光子付きとなった二十代の侍女が「私がおともいたします」と、前に出てきた。

「いいえ。運転手さんがいるから大丈夫よ」

なぜ侍女を断ったかというと、洋書を買うついでに雑誌をチェックしたいからだ。忠士との結婚がどんな記事になっているのか気になって仕方ない。

レンガ造りの四階建ての丸良に入り、エレベーターに乗って洋書売り場のある階で降りると、料理本コーナーに直行した。

フランスの料理本で、あったらいいなと思っていた本がいくつか見つかった。それを買ったら、あとは一階の雑誌だ。

――立ち読みなんて、お行儀よくないけど……。

買うのも癪《しゃく》なので、光子は雑誌が置いてある一角で、帽子を目深にかぶり、ぱらぱらとめくる。どの雑誌も必ず、光子の家が当主を亡くして傾きかけていることと婚約解消を二回していること、忠士が若き伯爵にして美形、しかも軍の出世頭であることに触れてある。

――家老と姫どころか……むしろ逆じゃないの。

しかもこの姫は借金まみれなのである。

「こんなくだらない雑誌のこと、気にしなくていいですよ。庶民のやっかみです」

低い声が背後から聞こえてきて大慌てで振り向くと、そこには二条英敬がいた。軍人なのに、スタンドカラーにネクタイを締めたフロックコート姿だ。彼が中折れ帽を少し掲げて挨拶してくる。

「光子さん、ご無沙汰しております。お元気そうで何より」

「どうして……こちらに?」

「それは、光子さんと同じですよ。書物ばかりは外商に持ってきてもらうというわけにはいきません。書店に来て初めて出逢えるというものです」

「確かに……おっしゃる通りですわ」

「珈琲でもいかがです?」

——これ、絶対に偶然じゃない。

もし、『みますや』で英敬を見かけなかったら、偶然と思ったかもしれない。だが、偶然も二回続けば必然だ。

今になって、光子はそう確信した。

「いえ。結構ですわ。私、苦いものはあまり好みませんの。失礼いたします」

光子は、そそくさと去る。

——やっぱり、付き添いを頼むべきだったわ。

書店を出て角を曲がれば、古賀家の車が停まっている。もうすぐその角というところで、光子は手をつかまれ、驚いて振り返った。

英敬が立っている。

目つきは昏いのに口もとには微笑をたたえていて気味が悪い。光子の背筋に冷たいものが奔《はし》った。

「珈琲でもいかがです？」

さっき断ったのに、同じ台詞で誘われ、光子は戸惑う。もう一度、苦いものは嫌いだと断っても同じことの繰り返しになるだろう。

「あの……、婚約を辞退してほしいとおっしゃったのは二条公爵家のほうですよね？　私のこと、放っておいていただけませんこと？」

とたん、無表情だった英敬の眉間に皺が寄る。眉までぎりりと上がり、歌舞伎役者のように豹変《ひょうへん》した。

「あれは親が勝手に決めたことです！　私はずっと光子さんが好きだったのに！」

声を荒らげる英敬など初めて見た。いつも眠そうな目で、お公家さん然としていたからだ。

光子は形ばかりの笑みを浮かべ、彼にばれないようにほんの少しずつ、角のほうに進む。

——角さえ曲がれば、運転手さんが気づいてくれるはず……！

「それは光栄ですわ。ですが、英敬さまは、素敵な奥さまがいらっしゃいますでしょう？」

「それを言うなら、光子さんだって結婚されたでしょう？　これでようやく対等になれたというものです。婚約されたと聞いてから、このときを待っていたんですよ」

そう言いながら近寄ってくるものだから、光子は後退《あとずさ》る。

「た……対等とかそういう問題じゃなくて……、婚外恋愛はよろしくありませんわ？」

そんなことをしたら姦通罪《かんつうざい》で捕まってしまう。それ以前に、この男と恋愛など無理だ。

――そうよ、もともと私、忠さま以外とは無理なのよ！

六歳のときの出逢いで光子の運命はもう決まっていたのだ。

「三回も婚約したのに……よくもまあ、そんな貞淑なことが言えますね？」

よりによって、最初に婚約解消を求めてきた張本人に言われるとは思ってもいなかった。

二条家は、はっきりとした理由もなく婚約辞退を強制してきたのだ。

――でもきっと、世間さまはこんなふうに思っているんだわ。

「婚約なんて、ただの約束にすぎないことは英敬さまが一番ご存じでしょう？」

悲劇のヒーローのように、英敬が辛そうに目を瞑り、顔を小さく左右に振った。

「……くちづけのひとつもしたことのないまま、私たちは引き裂かれてしまいました」

「まるで私が英敬さまのことが好きだったみたいな言い方、おやめになってください」

――こんなことを広められて、忠さまの耳に入るのだけはいや！

英敬の表情がまたしても豹変して声を荒らげた。

「そんなにあの異人がいいのか！」

詰め寄ってきた英敬の肩を、光子は渾身《こんしん》の力をこめて両手で跳ねのける。英敬が衝動で後ろに下がった。

こんな大胆な行動に出ることができるなんて、光子自身が信じられない。しかも、それだけでは終わらなかった。光子はものすごい早口でまくしたてる。

「古賀は古賀です！　何人《なにじん》でもありません！　どこの国の人だからいいとか、どこの国なら駄目とか、そんなのはありませんわ！　その人自身に魅力があるかどうかです。魅力のない方に限って、出自に固執するんですわ！」

我ながら気迫があったと思う。実際、英敬が目を白黒させていた。

自分でも最近、忘れていた。光子は本来、里子にもらわれた家ですら、実家を思って泣くどころか我が物顔でふるまえるくらいに、度胸も根性もあるのだ。

——今の隙だわ。

今度こそ角を曲がろうと駆け足になったが、腕を取られた。振り向けば、英敬がもう片方の手を、すさまじい勢いで高く掲げたところだった。

——殴られる！

顔を背けて、片手で顔を守ったところ、「うがぁっ」という悲鳴が聞こえてきた。

恐る恐る目を向けると、忠士が英敬の腕をひねっている。

「淑女に暴力はいけませんよ。しかもこのお方は私の最愛の妻でしてね」

「古賀……少佐」

英敬が屈辱に目を眇めながらそう言った。英敬のほうが、年齢が上だが、軍では忠士のほうが二階級上なのだ。

「二条中尉、我々は民間人を守るためにいるのであって、婦女子に手を挙げるとは軍記違反ではないかな？」

「は……申し訳ありません」

立ち上がって、地面に落ちた中折れ帽を拾うと、英敬が敬礼をした。

「では、失礼するよ」

英敬より十センチほど背が高い忠士が顔を下向けることなく、下目遣いでそう言い放つと、光子の手を引いていく。

「忠さま……ありがとうございます」

——元婚約者と密会していたとか、誤解されていそうだわ……。

また悪魔が顔を出すような気がして、光子はびくつきながら忠士の次なる言葉を待った。

「感謝するのは私のほうです」

意外な反応だった。態度にも言葉にも毒気がない。

「感謝？　どうして？」

「だって……初めて会ったときと同じです」

「初めて？」

幼いころの狼藉の数々が頭を巡っていく。

——今こそ謝る好機《チャンス》だわ！

「忠さま、瞳がきれいだからって前髪をいきなり切ったりして……ごめんなさい。私、あのころ皆さまが姫、姫って呼んでくれるものだから勘違いしていて……偉そうにして申し訳ありませんでした」

光子は深々と礼をした。

再び顔を上げると、忠士が目を瞬かせていた。こんなに驚いた顔を見たのは初めてかもしれない。忠士はしばらくじっと光子を見つめていたが、ようやく口を開いた。

「……何をおっしゃっているんです？」

忠士が意外そうに光子を見つめたあと、手を繋いで車のほうに歩を進める。車から出てきた運転手に歩み寄り、お金をつかませた。運転手が礼をして去っていく。

「え？　忠さま、車、どうなさるんです？」

「私が運転します」

「どうして？」

「ふたりきりで話したいからです」

忠士が運転手のように後部ドアを開け、手で座席を指し示す。光子が座るとドアを閉め、自身は運転席へと乗り込んでエンジンをかけた。

運転席は左にあるので、少しでも表情が見たくて、光子は右側に移る。車が走り出すと、忠士がこんな質問をしてきた。

「姫さまが相馬家にお戻りになったあと、私はすぐ華族学校の寄宿舎に入りました。なぜだかわかりますか？」

「もしかして、私が遊びに来たとき、会いたくなかったから……ですか？」

「逆ですよ。姫さまのいなくなったあの邸に住むことに耐えられなかったからです」

――忠さまも、寂しく思ってくれていたの？

「古賀邸にお邪魔しても、いつも忠さまがいらっしゃらなくて、私だって辛かったですわ」

「私もお会いしたかったです」

「本当に……？」

寄宿舎から戻っているはずの土日に遊びに行っても、忠士がいなかったのは偶然だったのだろうか。

「姫さまが里子にいらした当時、私は、学校にも家にも居場所がありませんでした。初等科では、目がビー玉だなどといじめられ、邸では継母にこんなことを言われました。父が私の目を見ると、出奔した母親を思い出すから見せてくれるなと。継母にとって私は邪魔な存在だったんでしょう。前髪を伸ばしたのは目を隠すためです」

――あの優しそうに見えた古賀のおばさまが……!?

光子は言葉を失ってしまう。幼い光子には何も見えていなかった。

忠士が前を向いたまま話を続ける。

「そのとき姫さまがやって来て、こう言ったんです。世界が緑に見えるんじゃないかって。姫さまだけが、自分がこの緑の目の子だったらどう感じるか、私の身になって同じ世界を見ようとしました。しかも、緑がきれいだと言って前髪を切るというおまけつきです」

起こったことについての記憶は光子と同じだが、ここまで受け取り方が違うとは思ってもいなかった。

「あのとき、私の世界は変わりました。姫さまは恩人です」

「お、恩人!?」

「そう。自分を肯定してくれる人を得てようやく私は自信を持つことができ、学校でも友人を作ることができました」

「でも、そんなことで恩を感じること、全然ありませんのよ。緑に見えるわけはないし、私は何も考えていない浅はかな子どもだったんですから」

「それだけじゃありません。いっしょにいて楽しかった……。あのきらきらした思い出は私の一番大切な宝物です。あの記憶があったからこそ生きてこられました。別れてからずっと、再びともに暮らせる日を夢見ていたんです」

——宝物！

光子もあの日々のことを大切に思って生きてきた。

「そ……そんな……楽しんでいたのは私だけじゃなかった……ということ？」

「姫さま、さっきも二条にきっぱり言ってくれましたね」

「……あそこからお耳に入っていたのですね」

「あのころと変わらないなぁって……」

「今日の忠さまも、あのころみたいに穏やかですわ」

そのとき、古賀邸の車回しに着いた。ゆっくり停車したというのに、突然、忠士がハンドルに突っ伏す。

「やっぱり！　怖がられていたんですね」

「いえ、何か、私に不満があるような……でも、確かに少し怖いときもありましたわ」

忠士がハンドルから顔を上げ、なぜか照れたように手で口を覆った。

「本当に大人げがなかった……。そうだ！　久々に、あの雪の玉でも作りましょう。あれなら卵と牛乳があれば作れます。姫さま、お好きでしたよね？」

「ええ。フランス愛好会で雪の玉の正体を教えてもらいましたわ。あれ、『ウ・ア・ラ・ネージュ』っていうんでしょう？　私も何回か作ってみたけれど、どうしても忠さまのようにおいしく作れなかったんです」

「どうしてか、私にはわかりますよ」

「何か、隠し味があったんですね！」

忠士が意味深に笑う。

「そんなところです。いっしょに作ればわかりますよ」

車から降りると、そのまま忠士が奥に向かうものだから、光子はついていく。

大きな木製扉を開くと、白壁に白い床の広々とした厨房が現れる。大きなオーブン、木製の巨大な冷蔵箱、コンロがたくさん並んだガス台、そして中央には、作業台代わりの長細い大きなテーブルがある。

忠士が人払いをして、懐かしい厨房でふたりきりになる。彼は、軍服の上衣を脱いでシャツ一枚になり、手袋を外して袖をたくし上げた。迷うことなく頭上の棚からボウルを取り出す。

「今でもどこに何があるかおわかりになっているのですね？」

「姫さまに鍛えてもらいましたからね」

忠士がやわらかな笑みを浮かべている。

「本当にあのときは、我儘放題で申し訳なかったですわ」

こんなふうに謝れるようになれるとは、光子は思ってもいなかった。やっと楽になれた気がする。

忠士が光子の腰を抱き寄せて背を屈め、おでこにちゅっと軽くちづけてきた。なんて甘いキスだろう。

――甘さでいうと、ウ・ア・ラ・ネージュなんて目じゃないわ。

「私は姫さまの我儘をかなえるのが至上の喜びなので、もっと言ってくださらないと」

「は、はい」

とはいえ、我儘というのは言おうとして言えるものではない。

忠士が、厨房の中央にある長テーブルの上に牛乳や卵など、材料を置いていく。テーブルの引き出しから取り出した瓶には細長い昆布のようなものが入っていた。

「その黒いの、なんですの？」

「これも足りなかったのかな？　ヴァニラビーンズのさやです。あの雪の玉は甘い汁に浸かっていたでしょう？　あの汁はクレーム・アングレーズっていうんですが、このさやで甘い匂いをつけることで、よりおいしく感じるようになるんです」

忠士が黒くて細いさやを差し出してきた。甘い香りがするが、触ると天日干しした植物の感触がした。

「豆のさやを乾かしたものなんですね」

「そう。茶色になるにつれて甘い香りがするようになるんです」

「忠さま、あのころのよう。あのころも、外国のお姫さまに憧れる私に、これはマリー・アントワネットが好きだったお菓子だとか、いろいろ教えてくれました」

忠士が苦笑いを浮かべ、小さな鍋に牛乳とヴァニラのさやを入れて火にかけた。

「あのころは、本だけが友だちだったから」

――そんなに孤独だったなんて……。

「あれは、いつかマリー・アントワネットのようにギロチンにかけてやるという意味だったのではないかしら……と、のちに思ったものです」

忠士がぷっと小さく噴いた。

「そこ……笑うところですか？」

忠士がボウルに入れた卵黄を泡立てながら横目で見てくる。

「だって、すごい想像力だなって。世界が緑に見えるとか、姫さまは発想がユニークですね」

「そうかしら……？」

「姫さまは苦労したせいか……園遊会で再会したとき、少し卑屈になっていましたよね？姫さまと初めて会ったときの私みたいで……やるせなかったです」

真顔で言われて、光子は面食らってしまう。

「でも……婚約解消とかそういうことがあった以前から、忠さまに避けられているって思い込んでいたから……もともとそうなのかも」

——わかったわ！　私、忠さまが好きだから、そうなっちゃったんだわ。

二条英敬だったら、どう思われてもどうでもいいし、自分が英敬だったら世界がどう見えるかなんて想像することもない。

光子は初めて会ったときから忠士に惹かれていたから、自分が忠士だったらどう思うかと、そんなことばかり考えていたのだ。

——それで、結局、嫌われているって思い込んじゃったんだけど。

「姫さまを嫌いな人なんていませんよ。私をはじめ、周りにいる人は皆、姫さまが好きです。信子さんみたいな級友から、あの二条みたいな坊ちゃんまで、皆を虜にしてしまいます」

——何この思い込み。

「忠さまったら、私のこと、なんでもよくとらえすぎです」

忠士が、泡立てた卵黄を鍋の中に流し込み、木製のへらでかき混ぜ始めた。甘くておいしそうな匂いが漂ってくる。

「姫さまこそ、最初に私の全てを肯定してくれたでしょう？」

「フランスのお母さまは？」

「母は、私を置いていなくなってしまいました」

忠士が残念そうに眉を下げた。片方の口角を上げたが、強がりのように見える。

気づくと、光子は忠士を背後から抱きしめていた。なんだか小さな子どものように思えたのだ。

「忠さま……」

忠士が泡立てる手を止めた。顔を背後に向け、半眼になる。

「愛する妻にそんなことをされると……厨房でだって我慢できなくなりますよ?」

忠士はもう子どもではなかった。

「あ、ごめんなさい」

光子は慌てて離れる。

「牛乳を火にかけてなければ……ってところかな」

忠士がガスコンロのほうに向かい、牛乳の入った小鍋の火を止めると、今度は大鍋に水を入れて火にかける。

忠士が調理テーブルに戻ってきて、ちゅっと唇が触れるだけの接吻をしてきた。

——甘い、またしても甘いわ!

匂いだけではない。今日の忠士は、やることなすこと全てが甘い。

忠士が今度は卵白のほうをボウルに入れる。

「お次は主役の淡雪の玉のほう」

忠士が勢いよく泡立て始めた。

「そういえば、砂糖を入れるのは私の役目でしたわね。少しずつ、二、三回に分けて」

「よく覚えていますね。あと、最後に少しだけ塩を加えてください。かなり泡立ってきたので、まずは砂糖を」

「はい」

近くに置いてあった砂糖缶から匙《さじ》ですくって入れると、忠士が再び泡立てる。子どものころに比べると、ボウルがおもちゃのように小さく見え、泡立てる腕の動きも速くてなんだか可笑《おか》しい。

「姫さま、砂糖を」

——しまった、違うこと考えちゃったわ。

「はいっ」

光子は慌てて砂糖を入れる。最後に少し塩を振った。

このあと忠士が、お玉で丸くすくったメレンゲを、大鍋で沸かした熱湯で茹でる。その間に、光子は先に作っていたクレーム・アングレーズを少し深みのある皿に流し入れた。

——いっしょに作っていたときの勘を取り戻してきたわ。

今も昔も〝いっしょに作る〟というには、光子の役目が少なすぎだが、こうして昔のようにともに厨房で過ごせているなんて奇跡のようだ。

忠士が、クリーム色のソースが敷かれた皿の中央に冷めたメレンゲの白い玉を置けば、ウ・ア・ラ・ネージュの完成だ。

　どちらからともなく、光子と忠士は拍手をしていた。

「ここで食べましょう」

　忠士が指し示したのは調理用のテーブルだ。六歳の光子には高すぎて、当時は厨房の隅に置いた小さなテーブルを客席に見立てて食べていた。

　忠士が椅子を二脚持ってきて、調理テーブルの前に置き、椅子に座るよう手を差し出してくる。光子が座ると、給仕のように光子の前に皿を置いた。

「ウ・ア・ラ・ネージュです。マダム」

「おいしそう！」

　忠士がテーブルの角を挟んで座り、目を細める。

「本当においしいですよ」

「いただきます」

　光子はふるふるとしてやわらかな雪の玉にそっとスプーンを入れてひと欠片《かけら》を取り、口の中に入れた。クレーム・アングレーズの濃厚な甘みがまず舌に触れ、ふわふわの雪の玉自体のあっさりした甘みが舌の上で弾ける。

「おいしい……。やっぱり、忠さまが作ったほうがおいしいです。ヴァニラビーンズって本当にすごいんですね」

忠士もひと口食べ終わっていて光子のほうに躰を傾け、含意のある眼差しを向けてくる。

「すごいのはヴァニラビーンズじゃありません。甘い匂いだけで、ここまでおいしくなると思います？」

「え？」

自分で作ったとき塩を入れるのを忘れていたから、そのせいだろうか。

忠士がクスッと小さく笑った。

「これと同じ手順で作ったものをひとりで食べたことがありますが、今と違って味気ないことといったら」

「そういうこと！」

その瞬間、なぜ今、おいしく感じたのか、光子の胸にすとんと落ちた。

——忠さまがいるからだわ……！

「食事をおいしくする最高の調味料は、好きな人と食べること……そういうことですね？」

忠士が顔を近づけ、くちづけてくる。舌が入り込み、互いの甘い味が混ざり合う。

「やっと……好きって言ってくれましたね？」

「そ、そういえば……」

——夫婦の営みもしていたっていうのに……。

光子は改めて、今まで心がばらばらだったことに気づく。

——ちゃんと自分の気持ちを伝えないと。

「実は……私……初めて会ったときから忠さまのこと……好きだったんです」

忠士が眉を下げ、困ったように微笑んだ。

「私も。だから、十歳のときに求婚しました。あのときの姫さまのお返事、覚えてます?」

「え? 求婚? 私、絶対、受け入れているはずです。というか、あのころの私のことだから、無理やり求婚させたんでしょう! そうですよね?」

「やっぱり忘れていたんですね」

忠士が不満げに横目で見てくる。

「ごめんなさい。私、あのころのこと、なぜだか、忠さまにして悪かったことばかり覚えているんです」

「では、姫さま、ご実家に帰るという日、温室に隠れていたのは覚えていますか?」

「ええ。……本当に迷惑をかけましたわ。忠さまが見つけてくれたのに、なぜか侍従に背負われ、忠さまと引き離されて車に押し込まれて……でも、また古賀邸に行けば会えると思っていたのに会えなくて……それで、てっきり嫌われたのかと……」

「それはね。温室で、私がお嫁さんになってと求婚して抱きしめていたところを継母に見られ、騒ぎ立てられたからですよ」

「ええ?」

「あのとき、私と結婚するまで誰のものにもなってはいけないって言ったら、姫さまが約束よって返してくれたのに、当の本人がすっかり忘れているんですから……まあ、七歳だったから仕方ないけど」

「嘘みたい……でも、すごくうれしいです。そんなに前に求婚してくださっていたなんて」

「約束を忘れて、ほかの男と婚約するから気が気じゃありませんでしたよ。そういう意味では、姫さまにはひどいことをされていますね」

忠士が冗談めかして睨んでくる。

「私ってば、覚えておくべきことを忘れて、気にしなくていいことばかり気にしていたってこと……？」

忠士が光子の片手を両手で包んだ。

「最初からやり直していただけませんか」

切なげな眼差しを向けられ、光子はときめくどころか涙が出そうになる。自分の勘違いのせいで、ものすごく遠回りしてしまった。

「忠さま……肝心なことを忘れてしまって、私自身が口惜しいです。覚えていたかったですもの。だから、もう一度お願いします」

「では、今度こそ忘れないでくださいね」

忠士が息を整えてから背をただす。

「姫さま、僕のお嫁さまになって、うちに来てください」

「まあ。もう来てしまったわ。私も忠兄さまといっしょにいたいです、ずうっと」

忠士が光子の手を持ち上げ、その甲にくちづけた。

「姫さまが教えてくれた騎士のキスですよ？」

「も、もう……これは忘れてください！　絵本で読んだばかりだったんです」

「赤くなって可愛いから、ずっと言い続けます。あと、騎士は姫を褒めるものっていうのは覚えていますか？」

光子は手で耳を押さえる。

「そんなのずっと忘れていたいです。聞こえません！」

忠士が光子を抱き上げると、自身の膝に横向きに座らせ、光子の手を耳から外した。

「ずっと褒め続けるから、ずっとそばにいてください」

光子は上体を彼に向け、首をかき抱く。

「忠さま、私たち変ですね。……何度も抱き合ったのに、今ごろになってやっと心が繋がったような気がします」

「一から始めればいいことです」

「なら、ただの光子と忠士になりましょうよ。これからは光子って呼んでほしいです」

「私としても、姫さまと呼んで当時を思い出してもらう必要がなくなりましたからね。光子

さま」

「さまなんて他人行儀、よしてほしいです。光子でお願いします」

「……みつこ。なら、私のことも呼び捨てでお願いします」

「うれしい。忠士、敬語もやめませんこと？」

「姫さまに頼まれたらいやとは言えませんね」

「また姫さまに戻っているわ」

「光子、愛しているよ」

いきなり、恋人のような口調になり、光子はその破壊力に慄《おのの》いた。

「……何、目を丸くしたまま固まってるんだ？」

またしても口調が普通！

——どーんと光子の頭の中に花火が上がった。

「い、いきなりすぎて……免疫がないというか……」

光子は胸を押さえて息も絶え絶えになってしまう。

「自分から言い出しておいて可笑《おか》しな娘《こ》だな？」

忠士が笑いながら、光子の頭をぽんぽんと撫でてきた。

光子の全身から力が抜けていく。魂まで抜けてしまっていたかもしれない。

そんな光子の腰を支え、忠士が接吻してくる。すぐに口を離して光子の唇を舐めてきた。

「甘い」

「……そういえば、まだ一口しか食べてないわ」

「そうだ、食べるのを忘れていた」

忠士が雪の玉をスプーンで切り崩し、光子の口内に差し入れる。

「おいしい」

こんなにも食べ物をおいしく感じられたのは、ここで過ごしたとき以来かもしれない。

おいしいものを大好きな人と食べる。結局、光子の夢はそれだったのだ。

「忠士、父の洋館を完成させるって言ってくれたでしょう？　私、あの言葉だけでもう十分よ。手離してください」

「何を言い出すんだ？」

「だって、建設を再開させたら、またお金がかかるでしょう？　ただでさえ借金を肩代わりしてもらっているのに。好きな人にこれ以上、負担をかけたくないの」

「好きな人？　成金には建設費を出させることを条件にしていたのに……そういうこと？」

忠士がそうひとりごちると、照れを隠すかのように口を手で押さえた。やがて、その手で光子の手を握ってくる。

「光子はいつも借金って言っているけれど、あくまでも建設のための借入金だから、これは投資なんだよ。投資家が亡くならなければなんの問題もなかったはずなんだ」

「そう……そうだったの……父も無念だったでしょうね」

そのとき、光子の頭に、白髪交じりの顎鬚《あごひげ》をさすりながら笑う父親の顔が浮かんだ。

『完成したら、光子にフランス料理のメニューを和訳してもらうからな』

忠士のことが忘れられずにフランス語を習い始めたものの、なんの目的もなかった光子に、そうやって生きがいみたいなものを与えようとしてくれていた、優しかった父――。

「お義父《とう》さまは審美眼が優れているから、きっと素晴らしい店になったことだろう。ひとり二十円以上落とすような高級料理で客を集められれば、十分採算がとれるから」

「二十円……」

庶民がひと月暮らそうと思えば暮らせる金額だ。

「私、甘かった。忠士と洋館を見に行って以来、ここで成功して借金を返せないかと、フランス料理についていろいろ調べていたけれど、そんな高級店は簡単に成功させられるものじゃないわ。余計に借金が増えるのがオチよ。やはり手離してください。そもそも、私の原点はこの厨房の料理店ごっこで、忠さまと楽しく過ごしたときのように、おいしくって温かい気持ちになれるお店を作りたかっただけだから」

「ここが……原点？」

「そう。だからあんな大きな館である必要なんかないの」

忠士が唖然としている。

「ごめんなさい。私、勝手なことばかり言って……」

「光子はずるい」

「そうなの。自分がやりたいことしか考えてないの」

——忠士に嫌われても仕方ないわ。

忠士が眉間に皺を寄せ、光子を揺さぶってくる。

「そんなことを言われたら、どうしても成功させたくなってしまうだろう！」

忠士が光子を膝から下ろして、立ち上がった。

「決起集会だ」

「決起？」

「今晩、大国ホテルで食事しよう」

「今晩？　これから!?」

次々と意外なことが起こりすぎて、今朝、本を買いに行ったのが何日も前のことのように感じられた。


日が暮れると、光子は華やかなドレスに、忠士はフロックコートに着替え、大国ホテルのフランス料理店に足を運んだ。

大国ホテルは、アメリカ人設計士によって建てられた最高級ホテルだが、ここのフランス料理店は日本のフランス料理発祥の地と言っても過言ではない。

シャンデリアの灯りのもと、ところどころに置かれた巨大な陶器製の花瓶には秋の花々が生けられており、白い布がかけられたテーブルに着く正装した客たちも含めて優雅で洗練された空間だ。

決起と言ってもふたりきり。心が通じ合ってから初めての食事で、幼いときのことから、離れていた日々のことまで話が尽きることがなかった。

ここでようやく、ずっと気になっていたことを聞くことができた。

「ローラさんとは、どういうお知り合いなの？」

「それより、私のことが好きなら、なぜローラと私を恋仲にしようとしていたんだ？」

忠士が不愉快そうに双眸を細めている。久々に悪魔が顔を出した。

「忠士が義務感から、私と結婚して相馬家を救おうとしているものかと……。ローラさんは忠士を憎からず思っているようだし、私よりお似合いだなって」

「変なところで自己評価が低いんだから」

忠士が手を取って光子のほうに乗り出し、囁いてくる。

「光子が自信を持てるよう、思いっきり愛するから」

ずっきゅーんと、光子の胸を何かが貫いた。

——きっとキューピッドの矢だわ。

「ローラとは、パリ講和条約のとき、大臣のおともで参加した夜会で知り合ったんだ。彼女、日本贔屓でね」

「日本にいらしたのは忠士を追ってのことではないの？」

忠士が苦笑いした。

「本人はそんなことを言っているけど、どうかな。彼女の実家は有名なフランス料理店を経営していて、和食にも興味があるんだよ」

「それで……パーティーでバゲットがまずいって言って、お鮨を食べていたのね」

「そんなことを言っていたんだ？　フランス人のバゲットへのこだわりは半端ないからな。だけど、光子だって味の違いがわかるはずだ。幼いころ古賀邸でバゲットを食べていたし、大使夫人のフランス家庭料理だって食べていたんだろう？　それは今後、料理店を開く上で、とてつもない武器になるだろう」

「ありがとう……忠士。私にも武器があったのね」

「たくさんあるよ。光子ほどフランス語が堪能な人間なんて、まだ日本ではなかなかお目にかかれない。相当頑張ったんだろう？」

「……だって、忠士が好きだから。少しでも忠士のことを理解したくて」

自分で言っておいて恥ずかしくなり、光子はうつむいた。

「ほら、光子は最初のころから変わらない。私と同じ景色を見ようとしてくれる」

さっきからこそばゆいことばかり言われて、光子はなんと答えたらいいかわからない。とりあえず、曖昧な笑みを浮かべた。

「私が光子に投資するから、小さな料理店じゃなくて、あの銀座の三階建てで何ができるか考えてごらん」

「投資してもらうからには投資金額以上の利益を生み出さないといけないでしょう？　もしその見込みがないと判断したら、私の案はちゃんと却下してね」

「ああ、もちろん。維新後、古賀家は金融関係で財を築いてきた。今だって財産管理を人任せにしていない。いくら光子でも勝算がなければ私は認めないよ。まずは資金を出したくなるような計画を立ててみて。期限は一ヶ月」

責任重大だ。光子は肩に力を入れた。

忠士が続ける。

「夫として絶対にあの館は残す。ただし、投資家としては料理店にしないという選択肢もあるということだ」

「わかったわ。……私、考えてみる」

「期限が一ヶ月なのにはわけがあってね。実は明後日から一ヶ月間、上海出張があるんだ」

――そういえば、大将閣下が上海での活躍を期待しているっておっしゃっていたわ。

「一ヶ月も？」

せっかく心が通い合ったというのに、すぐにいなくなるなんて思ってもいなかった。

「そんな寂しそうな顔をしないで。もともと予定があったから、出張前に結婚しようと急いだんだ。それより、光子は私から多額の資金を引き出さないといけないんだから、一ヶ月なんて短すぎるぐらいだよ？」

「それもそうね……。料理店はシェフが大事だわ。ここに来るまでは、この大国ホテルのシェフに戻ってきてと、お願いするしかないのかしらって思っていたけれど……ここは、素材も味もいいけど……なんだかわくわくしないわ」

忠士が破顔した。

「それで連れてきた。こういう格式のある立派なフランス料理店はホテルにあれば十分だ。銀座に新しく建てるなら、もっと新しい……光子がわくわくするような店でないと」

「まあ。そうだったの。意地が悪いわね。そうよ！　古賀邸のシェフを銀座に貸してくださらない？　古賀伯爵のシェフの料理が愉しめるなら、華族だっていらっしゃるわ」

忠士が半眼になった。

「前も言ったように、あのシェフは私と光子の舌を愉しませるためにいるから、受け入れられない」

「その〝光子〟が頼んでるのに……」

恨めしそうに見上げると、忠士の片眉がぴくりと上がる。

「全く、そんな色じかけができるようになったとはね」

「そ、そんなことした覚えがないわ」

「天然なら、なおさら質《たち》が悪い」

忠士は優しいのに、変なところで厳しい。

「なら、まずはシェフを探すところからね」

忠士が、ワイングラスを小さく回した。

「大金を積んで一流のシェフと一流の給仕を引き抜くとかそういうありきたりな企画なら却下する。もちろん料理が奇抜なだけの三流シェフなんて連れてきたら論外だ。フランス人も、フランス料理を食べたことがないような日本人も喜ぶ店にしてもらわないと。皆が喜ぶ店……それこそ、光子の夢だったはずだろう？　私もそんな夢が見たい」

——忠士も同じ夢を見てくれるのね。

「……一ヶ月が急に短く思えてきたわ」

「だろ？　でも光子なら、きっとやってみせてくれるはずだ」

忠士が杯を掲げた。

「光子の初事業に乾杯！」

光子も慌ててグラスを持ち上げる。

「でも、忠士、もし、私、いい方法が思いつかなかったらどうしたらいいの？　思いつきませんでした、ごめんなさい……じゃ、私自身が納得いかないわ」

忠士がワインを一気に飲み干したあと、そっとグラスをテーブルに置いた。

「そうだな……じゃ、なんきんで」

「南京《ナンキン》？　忠士が行くのは上海よね？」

「ううん。どの男の目にも触れないように、邸に軟禁」

「な、軟禁!?」

「うん。そう」

忠士はこういうときに限っていい笑顔だ。

——斜め上なのは相変わらずね。


邸に戻ったらもう十時だった。

——今日は本当に長い一日だったわ。

「お風呂、溜まっているから、いっしょに入ろう」

「え？　ええ？　それはちょっと……」

——ちょっとっていうか……すごく恥ずかしい。

「どうして？　やっと心が通じ合ったのに」

——夫婦って、心が通じ合うと、お風呂に入るものかしら？

忠士は笑顔こそきれいだが、その瞳に邪心が宿っているような気がする。

浴室は暖められていて、計画的なものを感じた。

忠士が当たり前のように脱衣所で、光子の背側にあるスナップ釦を外してくる。

「あの……自分で脱げるから」

「そう。では、私は手伝わないよ」

忠士が手を左右に広げ、またしてもいい笑顔だ。

自分で脱ぐとなると、気になるのが明るさだ。脱衣所にも浴室にも灯りが点いている。

「……電灯、消してくださらない？」

すると、忠士が信じられないといった具合に眉をひそめた。

「今の照れた顔を見られたのも電灯のおかげだ。絶対に消さない」

「でも……恥ずかしいわ」

——こけし体型が白日のもとにさらされるなんて！

「気にしているの？」

忠士が、その大きな手で胸を包み込んできた。勘がよすぎるのもどうかと思う。

「大丈夫。私が大きくしてあげるから」

忠士が屈んで耳を甘噛みしながら、小さな胸をすくい上げるように揉《も》んでくる。

「……ぁ、じ、自分で脱ぐから……」

光子は彼の胸板に手を突くことで、なんとか抗うことができた。

「私も自分で脱ぐよ」と、忠士がジャケットを脱ぎ、タイをゆるめる。少し顎を上げ、下目遣いで光子を見ながらタイを引っ張る所作がかっこよすぎて、光子は目を離せない。

「そんなに見たい？」

「え？　いえ、そういうわけでは……」

光子は忠士に背を向けて脱ぎ始める。シュミーズ一枚になったところでまごついていると、背後から引き剝がされて、あえなく全裸となった。

背後に顔を振ると、忠士が何も身に纏っていなかった。

「きゃっ」

明るいところで初めて見てしまい、光子は慌てて顔をもとに戻す。

――そういえば、明るいときは目隠しされていたから見たことがなかったんだわ。

「夫の躰を見て、その反応はないんじゃないか？」

忠士が背後から抱きしめてくる。

腰に硬いものが当たった。これがあんな形状をしているなんて思ってもいなかった。

「慣れたらきっと、平気になるわ」

「すぐに慣れるさ」

忠士が光子を抱き上げ、浴室へと足を踏み入れる。湯温を確かめると、抱き上げたまま浴槽に身を沈めた。横長の白い陶器の浴槽に忠士が脚を伸ばすと、光子は彼と向かい合って、両脚で彼の腰を挟むような体勢になった。

背を彼の腕に支えられ、下を向けば、反り上がった剛直がある。

──慣れなきゃ。

光子だって、自分の躰の一部を忠士に否定されたらいやだ。こけし体型でもいいと言ってもらえているからこそ、こうして裸でいられるというものだ。

「じろじろ見られると、さすがに恥ずかしくなるな」

「だ、だって慣れなきゃって思って……」

「明後日の出張まで仕事を入れてないから、じっくり慣れさせてあげるよ？」

忠士が〝じっくり〟のところを強調して、とびきりのいい笑顔を作った。

──また悪魔が顔を出したわ。

忠士が腕で光子の背を支えて後ろに倒し、片方のふくらみを集めると、その頂にくちづけてくる。

「あっ」

忠士が乳房を盛り上げるように揉んでくる。こうしたら胸が大きくなるのだろうか。揉まれながら乳暈を吸われていると、下腹がむずむずしてきて光子は無意識に腰をよじり、太ももを彼の腰にすりつけてしまう。浴槽の縁にすがった。

ちゅうっと一層強く乳暈を吸ったあと、忠士が顔を離し、陶然とした瞳を向けてくる。

「そんなふうに動かれると……我慢できなくなるよ？」

こんなに心も躰も近づいたというのに、何を言い出すのか。

光子は忠士に抱きついて胸板に頬を預ける。

「どうして……我慢する必要があるの？」

次の瞬間、光子は少し浮かされたと思うと、勢いよく下ろされる。ずぶりとひと突きで光子の中を彼自身でいっぱいにされた。

「あっ……忠士……！」

「光子」

忠士が目をぎゅっと瞑って、腰を押し上げてくる。そのたびに、光子は浮かんでは落ち、落ちては浮かぶ。腹の奥の壁を彼の熱塊でこすられる。甘い痺れにからめとられていく。

こんなことが何度も繰り返され、そのたびに、じゃぶじゃぶと湯面が波打ち、乳首が彼のたくましい躰にこすられる。口からとめどなく甘い啼き声が零れ出し、気づけば光子は忠士にしがみついていた。彼の背で脚を交差させ、手だけでなく、脚でも彼を抱きしめる。

「光子……そんなに締め……もうすぐ……ともに……」

彼自身を引き留めるように、中できゅうきゅうと締めつけている。やがて浮き上がるのは躰だけではなくなっていく。自身の中の全ての感覚がぶわっと浮上していく。

「あぁ！」

温かい波に全身を攫われるような感覚の中、光子の中のあらゆる感覚が弾けた。

「光子……くっ」

忠士も同時に彼女の中で爆《は》ぜる。

しばらく、忠士は湯の中で繋がったまま浴槽にもたれ、肩で息をしていた。視線を下ろせば、忠士に寄りかかって幸せそうに目を瞑っている光子の顔があり、顔も躰も朱に染めていた。こんな美しい朱色はこの世のどこにもないだろう。

彼女の体型には西洋的な豊満さはないが、忠士は別にそんなことを求めていない。正直、光子であればどんな形でもいいのだが、彼女の乳房はお椀《わん》のようなきれいな形をしており、その頂は桜色で彩られている。

——拝みたくなる美しさだ。

だが、体型を気にしている光子もまた可愛い。

そんなことを思って忠士が多幸感に酔えたのは一瞬だけだ。明後日から、上海に出張してフランス租界で情報収集をしなければならない。スパイまがいの仕事だが、イギリス駐在武官を辞して帰国するにあたり尽力してくれた大将に頼まれたので、吞まざるをえない。

――っと。このままでは、光子が湯あたりしてしまう。

忠士は光子を抱き上げて脱衣所に出て、自身の膝に座らせると、彼女の躰を丁寧に拭いていく。タオルが乳首に触れたとき、光子が赤い唇を開いて、小さく身をよじった。微睡《まどろ》みながらも感じているようだ。

――可愛すぎだろう……。

こんな媚態《びたい》を見せられ、忠士の下肢は再び臨戦態勢に入ってしまう。光子とて、この調子なら、二回戦にすぐ入れそうだ。結婚してから十日間、何度も躰を重ねたが、さっきのように、心も躰も溶け合ったような感覚は初めてだった。

――心が通じ合うと、ここまで変わるのか……。

忠士の愛は一方通行ではなかった。幼いころから互いに惹かれていたのだ――。

あまりの幸せに忠士は心の奥底から震える。

光子にガウンを着せると、忠士は浴室から隣の寝室へと急ぐ。光子をそっとベッドに横たわらせて添い寝し、肩を抱き寄せて自身の躰にしなだれかかるようにした。

「忠士？」

光子が忠士を上目遣いで見つめている。その口もとには微笑をたたえていた。

――俺のこと、めちゃくちゃ好きそうな顔して！

あまりの可愛さに息の根を止められるところだった。なんて恐ろしい妻だろう。

「私は……もう、あなたの中に入り込みたくて仕方なくなっているんだ」

忠士は光子の手を自身の脈打つものに触れさせる。これは失敗だった。彼女の細い指が纏わりついて、いよいよ昂ってしまう。

「忠士……私もよ？」

つまり、光子も忠士が欲しいということだ。

――ならば、俺のことを求めてもらおうか。

「積極的でうれしいよ」

忠士は光子の脚を左右に開かせると、自身は仰向けのままで、彼女の上体を起こしてガウンを外した。光子が忠士の大腿に跨っている。この角度で光子の裸身を見上げるのはなかなか新鮮だ。

「忠士？」

光子が小首を傾《かし》げて忠士の腹に手を突いた。手が触れている下腹が強烈に意識される。

――これだけで、こんなにすごい快感を植えつけてくるとは……。

つくづく恐ろしい妻だ。ほかの男に絶対に知られてはならない。いっそ料理店の案が何も浮かばず、軟禁して、ほかの男の目に触れないようにするのもいい。

一瞬そんな考えが頭をよぎったが、すぐに取り消す。やはり、光子にはいつも生き生きしていてほしい――。

「光子、自分で動いてみて」

「自分で？」

――きょとんとした顔もいい。

だが、きょとんとしていられるのも今のうちだ。

「このやり方は初めてだから、少し手伝ってあげるよ」

忠士は光子の腰を持ち上げて膝立ちにさせると、勃《た》ち上がった切っ先を彼女の脚の付け根にあてがう。

「さあ、腰を下ろして」

「あ……そういう……？」

先端《せんたん》が少し触れているだけで光子は感じてしまうようで、顎を上げて、びくびくと脚を震わせている。

忠士が腰を押し上げることでせっつくと、光子は腹に突いた手に体重をかけ、おずおずと腰を下ろしていく。

彼女の隘路を少しずつこじ開けていく感覚に、忠士は気が遠くなるような愉悦を感じたが、目を眇めて耐える。

困ったように眉を下げ、ふたりが繋がっているところに視線を落とす光子。その乳房の先を彩る蕾は、先ほどの愛撫によって今もつんと立っている。こんな姿を見せられ、忠士としたら今すぐにでも昇天しそうなところだが、ここは光子を愉しませることが最優先だ。

忠士との行為を好きになってほしい。

――光子のほうが求めるようになるぐらい、俺にはまればいい。

忠士は光子の乳首を摘まんで強く引っ張る。

「あっ、ぁあ」

光子がびくんと背を反らせ、はずみで腰を落とした。ずぶりと忠士の剛直を根元まで一気に呑み込む。

――中、ひくひくしている……。

光子は動くことなく、目をぎゅっと瞑って口を開け、小さくわなないていた。腹の奥を蠢《しゅん》動《どう》させて怒張を締めつけてくるものだから、忠士は意識を持っていかれそうになる。

――まだ、これからだ。

「じっとしていないで動いてごらん？　光子は自分でいろいろできる娘《こ》だろう？」

忠士はお手本を見せるかのように、光子の腰をつかんで、彼女を前後に揺らした。

「あっ……ただっ……気持ちい……」

「そうだ。自分で気持ちよくなってみたらいい」

忠士は指をからめて光子と手を繋いだ。

「ん……」

光子が忠士を見下ろし、ぎこちないものの腰を前後に揺らしてきた。そのたびに中で、滾った漲りが四方からぎゅうぎゅうと圧される。

「く……光子……俺も……気持ちい……いよ?」

「忠士……私、も……」

光子が忠士の手をぎゅっと握りしめ、ゆっくりとした律動で腰を揺らす。そのたびにぐちゅ、ちゅ、と水音が立ち、彼女の甘い吐息が重なる。忠士の雄芯はどんどん張りつめていく一方だ。

——このままじゃ俺が先に果ててしまう……。

「もう……だ、め……」と、光子が声をしぼり出し、後ろに倒れそうになったところを忠士は背に手を回して支えた。もう片方の手で彼女の腰をつかんで固定し、自身は仰向けのまま腰をぐっと押し上げる。光子がやわらかな襞で離さないとばかりに締めつけてきた。

「くっ」

危うく爆ぜるところだった。忠士が律動を加速させると、光子が顔を左右に振り、口から嬌声が絶え間なくあふれ出す。

「あっ……ただ……あっ……私、どこか……いっちゃう……」

「私はここにいるから」

忠士は小刻みな律動をやめた。彼女を持ち上げて半ばまで抜き、落とすと同時に下から突き上げる。それをじゅぶり、じゅぶりと何度も繰り返し、光子の躰を中から押し上げた。

「あっ……ただ……も、駄目……くださ……いっ……あぁ……」

――そうだ、こんなふうに俺を求めてほしかったんだ。

「どんどん欲しがったらいい」

忠士は起き上がって光子を抱きしめる。腰を下から押し上げるたびに、光子が少し浮き、触れる胸と胸の汗が融け合いながらぬるぬるとこすれ合う。

「ああ！」

光子が小さく叫ぶと同時に躰を弛緩させ、先に達した。忠士はすかさずそこで、彼女の中に迸《ほとばし》りを放つ。

翌日は寝室から出ずに一日中愛し合った。してもしても、忠士は満足できなかった。もっと、もっとと、とめどなく光子を求めてしまう。


「光子」

名を呼ばれて光子が目を開けると忠士の顔があった。明るい日差しを背に受け、慈愛に満ちた瞳を向けてくれている。いろんな意味でまぶしい。まぶしすぎる。

「忠士、どうしたの」

「これから出かけるんだ」

——あ、出張!

光子は慌てて身を起こした。このまま忠士と溶け合うような日々が永遠に続くような気がしていたが、今日から忠士は一ヶ月、上海に出張だ。

忠士はもうかっちりとフロックコートを着用していたが、光子は裸のままだった。

「ごめんなさい。寝坊してしまったわ。今すぐ着替えるから、駅まで見送りに行かせて」

起き上がろうとしたが、忠士が光子の左右に手を突いて身を乗り出し、阻んでくる。

「最後にもう一回だけ……いいだろう?」

切なげに乞われて断れるわけがない。光子だって、これから一ヶ月離れ離れになるのが辛くて仕方ないのだから——。

「忠士……」

光子が忠士の背に手を回すと、深くくちづけられ、そのまま押し倒される。唇が離れると、忠士が苦しげに双眸を細めた。

「すまない……時間がないんだ」

「なら、早く出かけないと」

光子の問いに答えることなく、忠士が乳暈を甘噛みし、もう片方の乳首を指でこね回してくる。何も纏っていない下肢に、フロックコートがこすれ、それすらも刺激になった。

「……ぁ」

この二日間、快楽にどっぷり浸かった躰は感じやすくなっていて、早くも下腹の奥が切なくひくつき始め、忠士を求めているのがわかる。

それを察したのか、忠士が空いているほうの手を下肢に伸ばし、光子の中を、その長い指でくちゅくちゅとかき回してきた。

「あっ……忠士……！」

蜜をかき出すように指を動かしながら、忠士が乳暈を強く吸ってくる。しかも、もう片方の乳首は親指で強くぐりぐりと押されていた。

「あ……はぁ……んっ……ただ……しっ」

ちゅっと音を立てて、胸から口を離すと忠士が切なげに目を眇めて「光子……」と掠れた声で呼んできた。

その瞬間、きゅんと胸がときめき、光子は腹の奥で彼の指を強く締めつけてしまう。

「俺のこと、欲しがってくれてる」

忠士がうれしそうに言うと、フロックコートの下に手を伸ばし、ズボンをゆるめた。熱を含んだ剛直が光子の蜜口に食い込んだと思ったら、太ももを左右にがっと開かれ、ずぶりと全て含ませられる。

「ぁあ……忠士……！」

忠士が腰をぶつけては退《ひ》く。そのたびに衣擦《きぬず》れと水音が立ち、そこに光子の甘い啼き声が重なる。

「光子……どんどん、よくなってる」

「……ぁ……気持ちいい……連れて……って……ただ……」

「光子……ただでさえ、少しも離れられなく……なってるっていう……のに……」

忠士がぐちゅぐちゅと出し入れを繰り返しながら、唇で彼女の口を覆ってきた。

「……んふ……ふ……んっ」

互いの舌を入れ合い、ふたりの境界がぐずぐずに溶けていく。そのとき光子は自身の中で彼の精が弾けたのを感じ取った。それは初めての感覚で、光子は幸せに打ち震える。

忠士が唇を外し、光子を持ち上げるように抱きかかえると、強く腰を押しつけてきた。その瞬間、光子もまた境地に達した。


忠士は繋がったままでしばらく、はぁはぁと肩で息をしていた。名残惜しいが、もう行かなくてはいけない。

急ぐあまり出張前に結婚したのは失敗だったと、忠士は今ごろになって思う。

輝かんばかりの裸身をぐちゃぐちゃのシーツにぐったりと預け、幸せそうに眠る最愛の女性をこのまま残して、外つ国《とくに》に行かねばならないのだから。

忠士は身を切られるような思いで、その場を離れた。


光子は忠士が扉を閉める音で彼が去ったことに気づいたが、躰に力が入らず、しばらく自身の中に残された彼の温もりに酔っていた。

ようやく起き上がったときには脚ががくがくして、さすがにこの日は躰を休めることにする。だが、忠士のいないこの邸にいることは、想像以上に堪《こた》えた。

――寂しくて凍えそうだわ。

どこを見ても忠士を思い出してしまう。トランクに入ってでも連れていってもらったらよかった。


翌日には、光子は相馬邸に戻る。

すると、いつも引きこもっている兄が玄関まで出てきて、にやりと笑った。

「もう実家に追い返されたのか」

――この感じ、久しぶりだわ。

「違います！　忠さまが一ヶ月出張されるので、気分転換でこちらに来ただけです」

光子は、ぷいっと顔を背けた。

「けんかしてないならよかった。僕はお金のことを考えるのがこの世で一番嫌いなんだ」

そう言って秀文がまた、自室のほうに消えていった。

――早くも、古賀邸に戻りたくなってきたわ。

ひと休みと行きたいところだが、暮らすために必要なものを、侍従たちに自室に運んでもらう予定がある。忠士の資金援助のおかげで、相馬邸に使用人たちが戻ってきていた。

――忠士には本当に頭が上がらないわ。

こうなったら、なんとしてでも銀座の料理店を成功させて恩を返すしかない。そう思うと居ても立ってもいられず、光子は運転手に車を出してもらい、桜小路邸へと急いだ。

桜小路邸の車寄せが見えてくると、信子がすでに玄関前にいて、手を振ってくれた。光子の到着を心待ちにしてくれていたようだ。

「旦那さま、一ヶ月間、いないんでしょう？　毎日遊びましょうよ！　私、今、観たいキネマがあるの」

「……それが遊んでいるわけにいかなくて」

事情を話すと、「そんなときは兄よ」と、客室に博貴を呼んできてくれた。

——このことが知れても、忠士はもう嫉妬したりしないわよね？

博貴が現れるなり、優雅に手を左右に広げてこんなことを言ってくる。

「ようこそ、マダム！　そろそろ旦那《マリ》に飽きたころですか？」

——こういう軽いノリはまずいわ。

「もう、お兄さまったら、そんな下世話な冗談はおやめになって」

信子が怒ると、ははっと小さく笑って、博貴が椅子に腰を下ろした。

光子は早速、博貴に相談する。

「私が作りたいのは、フランス人も、フランス料理を食べたことがないような日本人もみんなが喜ぶ店なんです。見本となるお店、ご存じですか？」

「光子さんが給仕していた『みますや』のような洋食店はどうなの？」

「それが、父の建物が立派すぎて……高級料理店にしないと採算が合わないんです」

「なるほどね。では、大国ホテルなど有名店のシェフか、フランス修業帰りのシェフを引き抜くしかないいな。忠士なら援助してくれるだろう？」

「いいえ。それが、金にあかせて……みたいな店は駄目だって……」

博貴が意外そうに眉を上げた。

「へえ。光子さんが頼めばなんでも諾《ウィ》って言ってくれそうなのに、意外」

「やはり、事業となりますと、甘えるわけにはいきませんから」

「なら、今までにない店を作らないといけないね」

心を見透かされたようで、光子はびっくりする。

「やはり、そう思われます？　でも、新しい店ってどんな店だろうって。フランスから戻られた博貴さまのお口に合うお店を教えていただけませんでしょうか？」

「いいよ。書き出してあげる。おともしたいけど、こんないい男がいっしょに行ったと忠士に知られたら、あとが怖いし、信子もふたりきりで行きたそうだから、遠慮しておくよ」

信子が横でぶんぶんと頭を縦に振っていた。


それからというもの、毎日、信子とフランス料理の食べ歩きをした。明治時代に開業して宮内省御用達になっている有名店はもちろん、横浜まで足を伸ばした。

中でも印象的なのはフランス育ちでフランスで修業したシェフの『新世界』という店だ。

光子はおいしいと思ったが、店内はがらがらで外国人客が二組入っているだけだった。

――日本人もフランス人も喜べるフランス料理なんて、この世にあるのかしら？

シェフ探しは難航していたが、毎日、信子と出かけることでかなり気がまぎれた。ひとりでいると、どうしても忠士のことばかり考えてしまうからだ。

それでも夜、ひとりでベッドに入ると、忠士の温もりが恋しくなる。枕を涙で濡らすこともあった。

だが、帰国まであと一週間となると、寂しさより焦りが勝ってくる。

三週間、食べるだけ食べたのに、どこの店のシェフがいいとか、こんな店にしたいとかが、全く頭に描けていないのだ。

——このままじゃ……軟禁。

婚約時代、『この部屋に姫さまがいるなんて……』と言ったときの忠士の流し目を思い出し、光子はごくりと生唾を飲み込んだ。

忠士になら、軟禁されるのも悪くない。

——って駄目、駄目！　そんなの堕落よ、堕落。

案だけでもいいから、なんとか忠士に提出したい。

——そういえば、ローラはフランス料理店の経営者の娘だったわ。

翌朝、早速、光子はローラに電話して、日本でおいしいと思ったフランス料理店の名を聞いた。

【シンセカイかな。シェフがパリで修業しているから、今時のフランス料理よね】

【確かに、日本人客はめったに見ないわね。日仏両方、満足させるなんて無理なんじゃない？　日本人が好きな洋食といえばコロッケとかカツレツとか揚げ物でしょう？】

【あのお店、私もおいしいと思ったのですが、どうも日本人には新しすぎるみたいでして】

——客が外国人しかいなかった店だわ！

——確かに……。

とはいえ、高級コロッケ店も高級カツレツ店も無理がある。

ローラに礼を言い、木製の壁掛け電話機に受話器をかけると、光子は廊下を歩き出す。

頭に浮かぶのは父親が遺してくれた、あの三階建ての美しい洋館だ。

光子が料理店をやらなくても、忠士なら、あの館の外観はそのままに、紳士服店なり百貨店なりにすることもできるだろう。

——そもそも私、なんでお店をやってお金を稼ぎたいって思ったのかしら？

料理店をやりたいと思ったのは忠士との思い出があったからだ。だが、おいしいものを食べる空間を作りたいなら、人を招いて食べさせればいいだけのこと。店をやってお金を稼ぐ必要などない。

——忠士に借金を返したいから？

もちろん、それが一番大きい理由だったが、忠士が借金を肩代わりしてくれる前から光子は『みますや』で給仕をしていた。

——家出資金が必要だったからよ。

あのころ、いや、今だって、自分には何もない。父が亡くなってそのことに気づいた。父のものだった光子は、その後見のものとなり、今は夫の庇護《ひご》下で暮らしている。

だが、『みますや』で、少ないながらも、自分の力でお金を稼ぐ喜びを知った。それなのに忠士に強引に辞めさせられたのだ。

——忠士が私の身を心配してのことだっていうのはわかっているけど……。

給仕として働くのは無理でも、父の遺したあの館で、ちゃんと利益を出したい。

——それならいっそ、料理店以外のことを考えるべき……？

とはいえ、今晩も料理店を予約していて、光子は信子と新たなフランス料理店を訪れる。

信子が、ポークを白ワインで煮込んだプレゼをじっと見つめたあと、虚《うつ》ろな目を光子に向けてきた。

「ねえ。光の君、このプレゼ、とても美しいわ。きっと味もおいしい。でも、これがいくらおいしくても、もう、しばらくフランス料理は見たくないの……何が言いたいかというと、和食が食べたい」

「……私もよ」

「光の君のおうちの料理長、今もいらっしゃるの？　以前お邪魔したときいただいたお料理、とてもおいしかったわ」

「ありがとう。それって今の料理長が父親から受け継いだばかりのころよ。料理長になってまだ三年だもの。でも、舌の肥えた父の友人たちも絶賛していたわ。兄の代になってからは、お客さまが全然いらっしゃらないから、焼き魚とか味噌汁とか質素なものばかり作らされているのだけれど、見た目も味も素晴らしいの」

「来る日も来る日もフランス料理だと、むしろ、そういう食事がしたくなるわね」

信子には毎日つきあわせて悪いことをした。

「明日のお店は予約を取り消すわ。私も和食が食べたいもの。近々、よかったら私の家にいらして。料理長の近藤も、久々にお客さまをおもてなしできて喜ぶと思うわ」

「うれしい……！　光の君がお嫁に行っちゃったから、もう食べられないかと思ったわ」

「そこまで気に入ってくれていたなんて」

光子は笑顔を作ったものの、心は沈んでいた。古賀家に嫁いで、投資までしてもらえるというのに、何も思い浮かばないのだ。そもそも、自分で料理ができるわけでもない。

——結局、私には何もないいんだなぁ。

せめてものお礼に、料理店巡りにつきあってくれた信子に近藤の和食をご馳走《ちそう》しよう。

光子は翌日の午前、早速、厨房を訪ねた。近藤がいなかったので、使用人に聞いたところ、裏庭にいると言う。

光子は不可解に思う。使用人が戻ってきているのだから、近藤は庭仕事などせず、料理に専念できるようになっているはずだ。

――まだ使用人が足りないのかしら。

光子は外に出て、改めて自邸を見渡す。何棟にもわたる武家屋敷。池を中心とした庭園は四季折々の美しさを見せる。今は木々が紅葉していて、まるで紅い花の塊のようだ。

邸内に洋館を建てる華族も多かったが、父が新たに建てたのは茶室だった。

実際、外国人がこの邸を訪れると、皆、庭園の美しさに息を呑んで口々に美しいと褒めたたえ、そのあと案内された茶室では、茶道の奥深さに感嘆したものだ。

父が和風建築にこだわったのは美しさだけではない。木造なので湿気の調整が効くという実用性も重視してのことだ。

『住むなら和風建築』

そう言って譲らなかった父が遺したのが銀座の洋館だなんて皮肉なものだ。

そんなことを思い起こしながら、光子が久々に裏庭に足を伸ばすと、そこは一面、畑になっていた。

――花壇だったのに……？

紺の和服を着て首に白い手ぬぐいを巻いた近藤が背を丸めて土いじりをしている。

「近藤さん、もしかして……まだ、買いたい食材を買えない状況にあるのかしら？」

急に声をかけたので、近藤が驚いた様子で顔を上げた。

「姫さま……いえ、古賀の奥さま……どうしてこちらに？」

「頼みごとがあって来たのだけど、ここが畑になっていて驚いたわ」

近藤がのっそりと立ち上がる。小松菜を手にしていた。

「最初は食費の節約のために花壇を畑に変えたのですが、この花壇、土壌がいいみたいで、味が濃厚なんです。最近では油粕《あぶらかす》も加えたりして。なんといっても採れたてのおいしさに目覚めまして」

「質素な料理でもおいしいので、さすが近藤さんって思っていたけれど……もしや？」

「それは、この野菜のおかげもありますね」

近藤が小松菜を掲げる。

「まあ！　それならお客さま向けに作ったらどれだけおいしくなるのかしら！　今晩か明晩、桜小路侯爵家のご令嬢をお呼びしたいの」

「侯爵家の！　それは腕が鳴りますね」

「それなら、もっと腕が鳴るように、フランス帰りのご令息もお呼びするわ」

「では、ちゃんと仕込みたいので、明晩にしていただけますか」

――久々に相馬家にお客さまを迎えるのだから家令にも伝えないと。

翌夕、和室の卓で、光子は信子と隣り合い、博貴が向かいに座った。

信子は和食ということで、珍しく着物姿だ。

女中がまず、先付けを運んでくる。

「炙《あぶ》り鯖《さば》鮨、菊花白和《しらあ》え、秋野菜の篭《かご》盛りでございます」

紅葉《もみじ》が添えてあり、菊花は黄、そして銀杏《ぎんなん》やむかご、南瓜《かぼちゃ》、ゴボウの下に敷かれている葉は緑。近藤の料理は色彩豊かで、質素な和食のときも、こんなふうに庭の草花を美しく飾ってくれたものだ。

「まあ、素敵！　まるで秋の野山のようだわ」

美しいものを愛する信子にそう言われ、光子は鼻高々だ。

博貴もこんな感想を言ってくる。

「見た目だけじゃない。我が家の和食よりずっとおいしい。特に野菜が。何が違うんだ？」

光子は思わず身を乗り出す。

「採れたてなんです」

「そうか。新鮮なほどおいしいのは魚介類だけじゃなかったんだな」

博貴が南瓜を口に入れた。

光子も気合の入った近藤の料理を食べ、こんなに腕のいい彼が忠義心から、ここに残ってくれたことに改めて感謝する。

その後、焼き物に移ったときのことだ。

「焼き白子と揚げレンコンでございます」

白子といっても、一見、グラタンのようだ。そこに揚げた薄切りレンコンが載っていて、緑葉が添えられている。

「あら、こちら、一見フランス料理みたいね？」

信子が匙ですくって食べ、目を輝かせた。

「これ、もしかして……グラタン？」

「え？　そうなの？　和食でお願いしたつもりだったんだけど……」

——フランス料理を食べ飽きたところだって強調すべきだったかしら。

光子も口にする。だが、グラタンのようにこってりしていない。

「いいえ、いいのよ。これは和食みたいにあっさりしていて、今の私にもおいしく感じられるもの。なぜかしら？」

と、信子が首を傾《かし》げている。

光子は使用人に近藤を呼んでもらった。

いつもの藍色の着物をたすき掛けにした近藤が障子を開け、膝立ちで入ってきたので、光子は早速、聞いてみる。

「こんな白子、初めて食べたと皆さま、びっくりなさっているところなの。とてもおいしいわ。どういうふうに調理したのか教えてくださらない？」

「お口に合ったのならよかったです。フランス帰りの方がいらっしゃると聞いて、グラタン風にしてみました。ただ、和食をとのことだったので、チーズはほんの少しにして、味噌を入れております」

「お味噌だったの」

道理でフランス料理に飽きたふたりの口にも合うはずだ。

「以前、奥さまがフランス料理の本をくださったでしょう？　日本料理は引き算だけど、フランス料理は足し算だと書いてありました。せっかくなので、日本料理で足し算したらどうなるのか、挑戦してみた次第です」

——フランス料理の入門書を読んだだけで……？

光子が信子と目を合わせると、信子がその大きな瞳をさらに大きくしてこう言ってくる。

「ねえ。光の君、今度こそ、灯台もと暗し……じゃない？」

「私もそう思っていたわ。ローラだって園遊会でお鮨がおいしいって言っていたもの」

和風建築と同じだ。歴史のあるものは、ほかの国の人が見ても美しい。そして、その気候のもとで人が心地よく過ごせるよう、うまくできている。

――料理だってそうよ。

このとき、光子に武器があると言ってくれた忠士を思い出した。

光子は古賀邸で本格フランス料理を、大使夫人宅ではフランス家庭料理を、そして自邸では一流の和食を食べてきた。

――私はおいしい和食もフランス料理も知っているわ！

忠士が戻るのは今週の土曜日で、今日は火曜日だ。

「近藤さん、土曜日までどうか、古賀邸で住み込みをしていただけないかしら」

「え？　それはどういう意味ですか？」

光子は思いついた計画について、皆に話し始める。

第六章　夢の実現に向けて

四日後の午前、忠士は上海から神戸《こうべ》港を経て鉄道で東京駅に着いた。車の前に立つ運転手を見つけると、ものすごい勢いで駆け寄る。光子が車中にいると思ってのことだ。

だが、車の中には誰もいなかった。

「光子は？」

「お邸でお待ちになっていらっしゃいます」

――どういうことだ？

忠士が一刻どころか一分一秒でも早く会いたくて会いたくて会いたくてたまらないというのに、光子はそうでもなかったということなのだろうか。

そのとき、忠士は自分が目を眇めていることに気づき、眉間を指で揉んだ。このままではまた、あとになって光子に、あのとき怖かったなどと言われてしまう。

忠士の車が古賀邸の車寄せに着くと、さすがに光子が玄関から顔を出した。

「ただいま」

忠士が急ぎ車から出ると、そこには蝶ネクタイに黒スーツという、『みますや』の給仕のような恰好をしている光子がいた。ただ、眉を濃くしていないし、髪は耳が隠れるくらいの長さになっているので、あのときのように男には見えなくなっている。

「忠士、お帰りなさい」

甘い声で微笑まれれば、衣服のことなど、どうでもよくなった。

「会いたかった……」と、抱きつこうとしたとき、フランス語が耳に入る。

【タダシが今日帰ってくるっていうのは本当だったのね】

ローラの声だ。

——どういうことだ？

車の中でいちゃいちゃする計画は頓挫したものの、帰宅したらベッドになだれ込もうと、気持ちを立て直したところだというのに——。

「光子、どうしてここにローラがいるんだ？」

「これからいっしょに昼食をと思っているの」

——俺がいない間に今度はローラと百合《エス》になったとでも？

光子が忠士の手を取ってくる。

——小さくて可憐《かれん》な手……久々だ。

などと手の感触に集中していたら、忠士は食堂に連れていかれていた。ローラもついてくる。しかもそこには古賀家のシェフの石垣《いしがき》も立っている。石垣がいつもの白い厨房服ではなく、なぜかスタンドカラーに蝶ネクタイをして、三つ揃いのスーツを着ていた。

テーブルに視線を落とすと、三人分の銀食器がセットされてある。

「光子は給仕の恰好をしているが、ここで食べるんだろう？」

「本日、私は給仕なので、ここでは食べません。代わりに、フランス帰りのシェフ、石垣さんが同席なさいます」

石垣が遠慮した様子で頭を振る。

「いえ、さすがにそれは……。ほかの部屋で食べさせていただければと思います」

使用人が当主と同席して食事など、ありえないことなので、真っ当な受け答えだ。

「いいえ。石垣さんも、ぜひここにお座りになって」

「光子はここで食べないのか？」

光子がにんまりと笑い、テーブルのほうに手を差し出してフランス語で話し始める。

【ええ。私は給仕ですから。ようこそ、『暁の星』へ！　本日は皆さまを和風フランス料理《フランセ・ア・ラ・ジャポネーゼ》の世界にご案内します】

そういえば、寂しがらないようにと思い、資金を出したくなるような計画を立てるよう告げて上海に出かけたのだった。

――発破かけるんじゃなかった……。

恨みがましい目を向けたというのに、光子の瞳は爛々《らんらん》と輝いていた。

忠士はなんだか可笑《おか》しくなってしまう。光子は婚約解消や父親を亡くしたことで、一時的に自信をなくしてしまったが、これこそが彼女の本来の姿だ。

「本日のメニューはこちらでございます」

光子が厳かに告げて差し出したメニューカードは和紙でできていて、そこにはフランス語と日本語、二か国語でアミューズ、オードブルからデザートまでずらりと書いてあった。

——アワビの酒蒸し肝汁添え？

日本語で読むと、和食にも見えるメニューだが、フランス語で読むと、酒は白ワイン、汁はソースになっていて、珍しい素材を使ったフランス料理といった感じだ。

まず、給仕の光子がしずしずと運んできたのは、トマトに鯛《たい》の昆布締《こぶじ》めをのせたもので、鯛の上から皿にかけて、緑のソースで円が描かれていて、花穂紫蘇《はなほじそ》の小さな花が薄紫色を添えていた。

【なんて……美しい！　枯山水《カレサンスイ》みたいな円だわ……】

感嘆したローラがナイフで切り取り、フォークを刺して口に入れた瞬間、目を輝かせた。

【このカルパッチョ……魚自体に滋味がある。あとこのソース、バジルに似ているけど、少しくせがあるわね。でも合っているわ】

光子が待ってましたとばかりに、こう告げてくる。

【この鯛は、塩と昆布で味つけしてありまして、ソースは青紫蘇という日本のハーブから作ったものです】

【まあ。とてもおいしいわ】

その後も柿の生ハム巻、さつまいものポタージュ、栗のテリーヌと、秋の味覚を活かした料理が続いた。どれも美しく、かつおいしく、ローラがひたすら褒めちぎっていた。

デザートが終わると、ローラは光子にこう告げる。

【こんなフレンチ、初めてだわ。いい意味でよ。シェフを呼んでくださる?】

ローラの言葉に光子の頰がゆるんだ。

【マドモアゼル、今すぐ呼んでまいります】

——一体、誰に作らせたっていうんだ?

光子が連れてきたのは、藍染めの和服にたすき掛けをした、いかにも和食料理人という出で立ちの無骨な風貌の大男だった。

ローラが目を白黒させている。

「フランス料理のシェフではないの?」

近藤が訥々《とつとつ》と答える。

「ええ。私は代々相馬家の厨房を仕切ってきた一族の者です。古賀の奥さまに頼まれて洋食を作ったこともありますが、あくまでコロッケなど日本の洋食で、お客さまにお出しする料理は和食しか作ったことはございません」

忠士はローラにフランス語で尋ねた。近藤に聞かれないほうがいいと思ってのことだ。

【食通のローラとしては、近藤のフランス料理……と言っていいのか、出来はいかがだったかな？】

【フランス料理というにはまだ和食すぎるところがあるけれど、なんといっても料理としておいしいし、花を散らしたり、具材を重ねたりと、見た目も素晴らしいわ。ソースはフレンチといえるけれど、どこか繊細な……出汁は肉ではなくキノコ類や海産物からとっているんじゃないかしら。……とにかく、もっとほかのメニューも食べてみたいわ】

光子がにんまりと微笑む。

【当店、『暁の星』は、日本の四季に合ったフランス料理を目指しています。野菜や魚介類の種類の多さという日本の利点を最大限に生かしたメニューを考えていくつもりです】

「……ということは今のところ、メニューはこれだけということだね？」

忠士が日本語で突っ込むと、光子が顔を赤くした。

——可愛すぎるだろう！

忠士としては、今すぐ抱きしめたいところだ。

「そうなんです。このコースを考えるだけで、本当に大変でしたよね？」

光子が近藤に顔を向けると、近藤が困ったように微笑む。

「奥さまがフランス料理の調理法を翻訳してくれて、石垣さんがわからないところを教えてくださったので……なんとかここまでは作れました」

石垣が立ち上がる。

「いや、全て、近藤さんの着想ですよ。私はフランスで学んだことに忠実であろうとして、こういう発想はありませんでした。シェフとしてもこの料理は素晴らしいと思います」

ローラが小さく拍手をした。

「初めて作ったフランス料理とは思えなかったわ」

「ありがとうございます」

美しいフランス人女性を前に、照れたように近藤が頭に手を置いて、うつむき加減になる。

光子が近藤のほうに手を差し出し、こうアピールした。

「なんといっても、近藤さんは舌の肥えた父や、その客人を満足させてきた、一流和食料理人ですから！」

ローラがじっと近藤を見つめ、ぽつりとつぶやく。

「……よかったら、私の店に修業にいらっしゃいな」

そこまでローラに気に入ってもらえるとは忠士も思っていなかった。光子がぽかんと口を開けたままなので、忠士は助け船を出す。

「それはいい。近藤さんがいやでなければ、だけれど」

「その店は……どこにあるんです？」

「フランスのパリだ。これから銀座の洋館の建設を再開しても、この資材不足だ。三階建ての洋館が完成するまで一年半はかかるだろう。一年は修業できる」

「フランス……？　私が？　私は福山藩代々の料理長なので相馬家を離れるわけには……」

「それを言うなら、家老の古賀家の私はイギリスに三年間駐在していたよ？」

光子がようやく口を開く。

「父の生前ならまだしも、兄は人と会うのが苦手で、近藤さんが腕を振るえる場がなくて……宝の持ち腐れです。才能がある方をあの家に閉じ込めておくわけにはいかないし、こんな好機、滅多にありませんわ」

忠士は立ち上がり、近藤の前まで歩み寄った。

「日本に戻った暁には、銀座の一等地で料理長をしてもらう」

そう言って、手を差し出す。

「わ……私がですが？」

近藤が戸惑いながらも忠士の手を取り、握手をする。彼は喜びを隠しきれない様子だった。

そのあと五人揃って席に着き、珈琲で歓談したあと、忠士は光子と車寄せまで出て、ローラと近藤を見送る。

ローラだけでなく、近藤にも運転手をつけ、古賀家の車で相馬邸まで送った。さっさと消えてほしかったからだ。

ふたりの車が見えなくなると、忠士は光子の手を引いて、まっすぐに寝室に向かう。

――これで仕切り直しだ！

寝室の扉を閉めてふたりきりになり、ようやく忠士は光子を抱きしめることができた。

そのときすでに夕方――。

「光子、会いたかった」

「いやだわ、忠士ったら。さっきから会っているのに」

光子が屈託なく笑っている。

――余裕じゃないか。

忠士は光子が羽織る黒ジャケットを脱がして拋ると、彼女を壁に押しつけた。顔の横に前腕を着けて囲い込むようにし、もう片方の手で顎を持ち上げる。

その瞬間、光子の瞳が艶めいたのを忠士は見逃さなかった。

半開きの唇に、忠士は舌をぐっと押し込める。背に壁が当たっているので、光子は退くこともできず、奥まで舌で圧された。

そうしながらも、忠士は光子の蝶ネクタイを解く。

唇が離れても、ふたりは黙ったまま、互いを見つめていた。

忠士が沈黙を破る。

「……光子は、私がいない間も、相当楽しんでいたようだね？」

つい〝相当〟のところに力が入ってしまった。

「え？　また悪魔……？」

「悪魔どころか、妻を深く愛している夫だよ？」

言葉とは裏腹に、忠士は乱暴に光子のシャツの釦を外してしまう。

「昔は忠士、天使みたいだったのに、再会して悪魔だと思ったわ。でも、いっしょに料理を作ってやっぱり天使だって……。それなのに上海でまた悪魔に取りつかれたみたい」

光子に恨みがましい目で見られる。

「憑かれたのだとしたら、上海ではなく東京駅だ。光子は私がいなくても平気だから……不公平なんだ」

忠士は、はだけたシャツの間からのぞいたシュミーズを引き上げ、やわらかな乳房に頰を預けた。心臓の鼓動が聞こえてくる。そうしながらも自身のズボンをゆるめた。

光子が忠士の頭を撫でてくる。

「ごめんなさい。迎えに行けなくて……」

こんなふうに謝られると、自分が駄々をこねている子どものように思えてくるではないか。

「私のほうが、愛が重いんだ」

「私も寂しかったわ……。でも、父のことで忠士に迷惑かけたくなくて」

忠士は顔を上げる。

「光子のお父上は、僭越ながら私の父親でもあるんだよ？」

「忠士……」

光子が感動した様子で潤んだ瞳を向けてくる。

──可愛いすぎだろう！

「明日休みを取っているから、覚悟していただこうか」

忠士は膝を折って躰を下げて光子を抱きしめる。ちょうど顔が彼女の腹のあたりに来て、見上げるとシャツの間から、つんとふたつの丘が張り出している。

一ヶ月も光子に飢えていた忠士には強すぎる刺激で、下腹部が一気に熱く滾った。

光子が顔を赤らめてこんなことを言ってくる。

「た……忠士ったら、脚に……当たってるわ」

忠士の欲望は、ズボンの中で、はち切れんばかりに屹立《きつりつ》していた。

「そういう光子は？」

忠士は片手を伸ばし、彼女のズボンの穿き口を吊り上げるサスペンダーを外すと、光子のズボンをずり下げる。

「きゃっ」

光子が前屈みになって忠士の肩に手を置き、自身の躰を支えた。

目の前にある秘所はすでに濡れていて、内ももに蜜が伝っていた。忠士が内ももの蜜をべろりと舐め上げると、太ももが震える。

中心に指を突きたてれば、びくんと躰が跳ねる。指を鉤状にして蜜をかき出すようにこすってやると、ぐちゅぐちゅと滴りがあふれた。

「光子だって……こんなに欲しがってる」

「……ずっと忠士が欲しかったの……」

あえかな声で、恥ずかしげに告げられたら、もうたまらない。

「あなたが望んでくれるなら……何度だってあげるよ」

忠士は光子を抱き上げ、速足でベッドに向かいながら、彼女の脚からズボンを落とす。光子を仰向けに下ろすやいなや、自身は立ったまま、いきなり雄芯で光子を貫いた。

「あっ……た……だしぃ」

光子が頭のほうにずれたので、忠士は細腰をつかんで引き寄せ、さらに深く繋がろうと最奥を穿つ。

「んっ……」

光子がぎゅっと目を瞑った。シーツをつかんで腰を浮かせたものだから、胸を強調するような形になる。胸の先はすでに尖っていた。引き寄せられるように忠士は手を伸ばし、つんと立つふたつの桜の蕾を指で摘まんだ。

その瞬間、雄を咥える奥の路《みち》がきゅっと狭まると同時に、光子が仔猫《こねこ》のように啼いた。目を半ば開き、ねだるように忠士を見つめてくる。

全身で欲しがられ、忠士は胴震いする。

――感じやすくて……可愛い俺の姫……。

「私が、どれだけ飢えていたか……今晩はいやと言うほどわからせてあげる」

忠士は片手を光子の腰に戻して躰を引き寄せ、ベッド脇に立ったまま欲望をぶつける。ゆっくり抜き差しを繰り返しながらも乳首をいじり続けた。こうすると光子が感じてくれるからだ。

「あっ……ただしぃ……わた……くし……もう……あっ……ふあっ」

その言葉通り、さっきから蜜壁の蠢動が頻繁になってきている。眼下に横たわる光子は涙を滲ませ、乱れたシャツの間から乳房だけ露わにし、纏うものが何もない秘所からは、忠士が腰を退くたびに、ぐちゅりという水音とともに剛直が姿を現し、まさに今、ふたりが繋がっていることを視覚的にも知らしめてくる。

忠士はもう限界を超えているのだが、奥歯を嚙みしめて吐精を我慢していた。

――光子が達《い》ってからだ。

余裕をなくした忠士はベッドに乗り上げ、彼女の躰を二つ折りにするようにして組み敷いた。抽挿が自ずと速まっていく。

「ただ……ただし……ただしぃ……」

光子が熱に浮かされたように忠士の名を呼び、忠士の背にしがみついてきた。彼女は腹の奥でも、忠士を離さないとばかり締めつけてくる。

「くっ……みつ、こ……そうやって、ずっと……私を離さな……」

「ただっ……」

そう小さく叫んだあと、光子の全身から力が抜けていく。忠士はぐっと突き上げて一番深いところで動きを止めた。

——……一ヶ月分だ。

忠士は躰をしならせ、長い射精を行った。ひとしきり精を放ったあともしばらく彼女の中に留まる。その間《かん》も、光子がひくひくと断続的に身を震わせているものだから、再び昂りそうになり、忠士は慌てて自身を引き抜く。

すると、秘所からどろりと白濁が零れた。

その光景に劣情をかきたてられたが、視線を上に移せば、気持ちよさそうに口もとをゆるめて眠る光子の顔がある。

はぁはぁと荒い息で忠士は情欲を抑え込みながら、どさりと光子の横に倒れ、彼女の覚醒を待った。

この晩、何度も互いをむさぼり合ったのは言うまでもない。

第七章　うまくいったときに限って落とし穴ってあるものですね

一年と三ヶ月経ち、前《さき》の相馬伯爵が遺した三階建ての白亜の洋館が完成した。

光子は忠士と、三階にある厨房に入る。

「なんて立派なオーブン！　さすがフランスから直輸入しただけはあるわ。本当にありがとう。これなら、焼きたてのおいしいバゲットができるわね」

忠士が苦笑する。

「ローラにまずいとは言わせられないからな。そのローラが、近藤を手放したくないとかいう手紙を寄越してきたよ。よほど筋がいいらしいな」

そのとき、階下から、運転手の声が聞こえてくる。

「奥さま、相馬伯爵さまとご母堂さまが、到着されました」

父が遺した館なので、光子が母と兄を呼んだのだ。

光子は一階に下りる。一階はアール・ヌーヴォー調のカフェで、若い女性に好まれるように、カーテンは花柄模様で、ところどころに植木を配置して緑を加えている。開店したらテーブルに小さな花瓶を置いて花を飾る予定だ。ここは光子にとって夢の場所で、忠士が小さなシェフだったときに作ってくれたフランスのデザートもメニューに加えている。

「まぁまぁ。店内はこんなに可愛らしいのね」

母がそう言いながら入ってきた。

だが、らせん状の階段を上れば、フランスの宮殿のような内装に、優雅なテーブルと椅子の客席が現れる。二階は全て客席で、三階は半分が厨房だ。二、三階ではワインなど酒類も出す。利益を出すにはアルコールが必須と聞いてのことだ。

三階に着くと、母が窓からの景色に感嘆の声を漏らす。

「こんなに人通りが多いところに建っているのね……」

路面電車が行き交う大通りを眺めながら、母が泣き出した。

「ま……まさか、光子が……お父さまの遺志を……継いでくれるなんて……」

「お母さま……」

光子は母の肩に手を添える。

通夜に銀行員が現れたときの衝撃は今も忘れられない。なんといっても辛かったのは、借金をしていたということで、立派で頼りになる父親の像が崩れかけたことだ。

だが、忠士が言うように、父が生きていたら、父の信用のおかげで借金の返済を求められることもなく、この館が建って利益を生み出すまで待ってもらえたのだ。

父の名誉を回復できたようで、光子は、何よりもそれがうれしかった。

母の嗚咽《おえつ》を聞いていると、光子の瞳にも涙が滲んでくる。

――これもそれも忠士のおかげだわ。

光子が忠士を見上げると、忠士が小さなうなずきで返してきた。

忠士が母と向き合う。

「お義母さま。この店は、ひとえに光子さんの斬新な発想と頑張りでここまで来ることができました。近藤さんはもう船で日本に向かっていらっしゃいますが、パリのレストランではかなり頼られる存在になっていて慰留されたほどだそうです」

「まあ……近藤さんが、パリでそんなにご活躍に……」

母がハンカチーフで目頭を押さえている。

だが、兄がすかさず余計なことを言ってきた。

「そのせいで我々はここ一年以上、近藤の和食を食べられずにいるけどな」

母が感傷に浸れなくなったらしく、真顔で秀文をたしなめた。

「秀文は、またそんな憎まれ口を。今の料理人さんもおいしいわよ。あなたは会合が嫌いだから、今はもう我が家には料理長なんて必要ないのよ」

話題を変えようと思ったのか、忠士がこんなことを言ってくる。

「義兄上《あにうえ》は貴族院議員になられたとか」

「ああ。そうなんだよ。忠士くんに、小説のネタになるって言われて一念発起さ。正直、政治にはこれっぽっちも興味がないんだがね」

「秀文が貴族院議員になったのも、忠士さんのおかげだったのですね」

母が感謝の眼差しを向けると、忠士が「いえいえ。秀文さんご自身のお力ですよ」と微笑みで返す。

——本当に相馬家全員、忠士に頭が上がらないわ。

「あとは、お兄さまが結婚するだけね」

あてがないと知っていて、光子はこれ見よがしに言ってみた。

「僕は理想が高いから、なかなか、相手が見つからなくてね」

「淑女の方々の理想が高くて、お兄さまが相手にしてもらえないのではなくって？」

そう言い返したところで、またしても忠士が「私がいいお相手を見つけましょう」なんて言ってくる。


こんなたわいのない会話をしていたときまでは、全てがうまくいくように思えた。自邸に戻って夫人室で忠士とくつろいでいるとき、侍従が訪問者について告げてくるまでは——。

忠士が客と会うために一階に下り、再び夫人室に戻ってきたとき、一転して険しい表情になっていたものだから、光子は思わず立ち上がった。

「忠士、お客さまはどなただったの？」

「『王様』という雑誌の記者で、光子に取材の依頼だ」

「すごいわ。大人気雑誌じゃない。『暁の星』のことよね?」

もしそうなら、どうして忠士は浮かない顔をしているのだろうか。『王様』は、光子の婚約解消を記事にしたが、どの雑誌だって取り上げている話題で、今さらこの雑誌に目くじらを立てる必要はない。

「それが……同じ出版社の『婦人界』という雑誌の明日発売の号で、光子が日本橋の料理店で男装して給仕をしていたことが記事になるらしい。そのことについて裏を取りたいとのことだったんだ。もちろん、事実無根として断ったよ」

「そんな……ずいぶん前のことよ。なぜ、今ごろ……?」

「この時機ということは、何か恨みを持っている者が、『暁の星』の印象を悪くしようとしているとしか思えないな」

そう言って差し出してきた『婦人界』には、紙が挟んであり、手に取るとそれは『王様』編集部の記者の名刺だった。

そのページは『華族世界の噂話』という人気コーナーで、こんな見出しが目に飛び込んでくる。

『スパイの妻はスパイ!? 二回婚約破棄しただけあって伯爵夫人は型破り。男装して給仕に身をやつし、競合店の情報を盗み出す』

一瞬、心臓が止まるかと思った。

ご丁寧に、光子の写真まで載っている。まだ女学生だったころのものだ。

――そもそもスパイの妻って……？

光子が読み進めると、こんな内容だった。

『日本橋の有名洋食店『みますや』に、英仏語の堪能な給仕がいた。中性的な魅力で彼目当ての華族の女性客もいたほどだ。だが、その給仕は半年も経たずに退職。この時期は、光子姫が古賀伯爵との結婚が決まったときと一致している。古賀伯爵といえば前《さき》の大戦でイギリス駐在武官として諜報活動で成果を収め、最年少で少佐に昇進した軍人だ。その夫人なら、銀座に店を開く前に競合店に潜入したとしても不思議ではない』

――駐在武官をスパイ扱いだなんて……！

だが、こんなことになったのは、全て光子のせいだ。噂という体《てい》なので、根も葉もないようなことも載るコーナーではあるが、今回ばかりは真実を含んでいる。

「本当にごめんなさい。私のせいで忠士までこんなことを書かれて」

そう言って光子が雑誌を戻すと、忠士が誌面をじっと見つめて、「女学生のころの光子は本当に可愛い」と、斜め上な発言をしてくる。

――今回ばかりは、私の気持ちをほぐそうとしてくれている……のよね？

「醜聞になりかねないから辞めるようにって助言してくれたのに、あのころ私、聞く耳を持たなかったわ……」

忠士が励ますように肩を抱いてくる。

「いいんだよ。悪いのは光子じゃない。雑誌社にネタを売ったやつだ。まずはそいつを割り出さないと。光子、〝相馬伯爵家ご令嬢〟が『みますや』で給仕をしていたことを知っている人物を思いつく限り教えてくれ」

「紹介してくれた信さま、博貴さま、あと、桜小路家とうちの書生……」

そこまで言って、書生の富崎に、初めて客のところに行くからついてきてほしいと頼まれたときのことを思い出す。

——二条……英敬！

「忠士……そういえば、あの店に、二条英敬が来たことがあったわ」

忠士が躰を少し離して、光子を咎めるように見た。

「なぜ言わなかったんだ？」

「私、辞める日に、仕事を早退したでしょう？　あれは英敬さまが客席にいたので顔を合わせたくなくてのことなの。でも、客席に出なかったから、『みますや』で働いていることはばれずに済んだと思って……。あと、忠士に叱られたくなかったというのもあります。ごめんなさい」

忠士は怒るだろう、怒って当然と思って、光子が忠士の顔色をうかがったところ、忠士が空《くう》を見て、企むように笑った。

——な、何この笑い……邪悪……。でも、ものすごく美しいわ。

「私たちに恨みを持っている者……まさに二条がどんぴしゃだな。あの店で働いていることなど、興信所を使って光子を調べればすぐわかることだ。かくいう私も……」

「えっ、そうだったの」

「実は……」

「それにしても、本当に私、軽率だったわ」

忠士がぎゅっと抱きしめてくる。

「いや、光子の輝きに惹かれて害虫が勝手に群がってくるのは仕方ないよ。だからって、光子は輝くことをやめられない。そうだろう？」

——ん？

こんなことを言われたら、どう受け答えしたらいいのかわからなくなる。

頭頂に頬をすり寄せられた。

「私のことまで記事でけなしてくれたことに関しては、二条に感謝したいぐらいだ。これであいつを再起不能にできる」

光子が驚いて躰を離すと、忠士がまたあのいい笑顔になっている。悪魔が顔を出した。

——でも、開店のことを考えると、雑誌社を敵に回すのはよくないわ。

忠士が、以前、開店日は一般客の予約を取らず、記者や文筆家を招くことで、店の紹介文を書かせて宣伝すると言っていた。光子の過去の軽はずみな行動のせいで、料理ではなく、醜聞のほうばかり書き立てられてしまうのだろうか。

——そうなったら、忠士にも、近藤さんにも申し訳なさすぎるわ！

「忠士、むしろこの事態を利用できないかしら？　この雑誌の記事をもとに、ほかの雑誌にもあることないこと書き立てられるなら、いっそ私が釈明して開店までに醜聞を治めておきたい……いえ、それだけじゃつまらないわ。あえてそこを『暁の星』の宣伝の場にしたい」

「釈明って……男装して給仕していたことは認めるつもりか？」

「ええ。だって、それは……本当のことだもの」

「そこを認めてしまってはおしまいだ。『みますや』の情報を盗む盗まない以前の問題で、伯爵令嬢で現伯爵夫人が給仕をしていたなんて知れたら……。それこそ読者がおもしろがるところなんだよ。〝吉田茂吉〟は故郷に帰った、そこは譲れない」

「そう……そういうものなのね……」

——どうして私は余計なことばかりしようとしちゃうのかしら……。

「光子、『みますや』について、知らぬ存ぜぬを通せるか？」

それなら、取材に応じてもいいということだろうか。光子は気を引きしめる。

「できます……いえ、やってみせます！」

——お父さまのためにも、忠士のためにも、『暁の星』は絶対に成功させないと！

「そうか。正直、あなたの美しい顔は俺以外、誰にも見せたくないんだが、世の男どもに少し幸せを分けてやってもいい。光子を宣伝に使わせてもらう。想定問答の練習をしよう」

「はいっ……ん？」

忠士は相変わらず斜め上だった。


——これは行ける。

忠士はそう確信していた。

もともと華族令嬢や夫人の、グラビアやインタビューは雑誌でも人気の記事だ。しかも、人気雑誌『婦人界』が醜聞として取り上げた伯爵夫人が自ら取材に応じるというのだ。噂だけで記事を書くより、よほどひきがある。しかも光子は美しく、誌面映えするだろう。

だが、その前に忠士にはやらねばならないことがあった。

翌日、忠士は参謀本部に出勤してから、過去に二条が書いた書類に目を通すと、『婦人界』を出版する大文社《だいぶんしゃ》に向かった。

『婦人界』の記者には午前十一時に面会予約を取っている。大文社ビルは南向きなので、昼前後が最も明るい。忠士には部屋が明るくなければならない理由があった。

忠士が大文社に入ると、ロビーに座っていた中年男が立ち上がる。近寄ってくるので、この男が記事を書いた三浦《みうら》という記者だろう。その表情には緊張が見てとれた。

――怖がるくらいなら、軍人のことを悪く書くなよ。

そうは思うが今日は友好的に行くつもりだ。この男にも『暁の星』の宣伝をしてもらわないといけない。

「初めまして。『婦人界』の三浦と申します」

名刺を差し出されたので受け取るが、忠士は出さなかった。軍服が名刺代わりだ。

「初めまして。陸軍参謀本部、古賀です」

「古賀伯爵ではなく、古賀少佐とお呼びすべきでしょうか？」

忠士はにっこりと笑みを浮かべた。光子以外は、皆、見惚れる顔だ。光子だけはこれが嘘の笑顔だと見抜いてうさんくさそうに見てくる。

「本日発売の『婦人界』の記事の件で参りましたので、伯爵のほうでお願いします」

三浦が苦々しい笑みを浮かべた。

通されたのは二階で、雑誌や本が積み上がった雑然とした空間に、いくつかの編集部が机で島を作っている。面会室などはなく、編集部の隅を衝立二枚だけで分けたところに小さなテーブルと椅子があり、そこに案内される。密談だからと個室に誘導するつもりだったが、衝立があるので、ここでよしとする。

忠士は窓側を向く椅子に腰を下ろし、三浦も向かいに座った。

「伯爵さまに、こんなむさ苦しいところにお出《い》でいただくなんて恐れ入ります」

「いえいえ。お時間を作っていただいてありがたいです。今回の記事の件、妻に聞いても身に覚えがないと言うものでしてね。ただ、彼女の言《げん》を鵜呑《うの》みにして恥をかかぬよう、本当にそうなのか確かめる必要があると思っています。情報源を教えてもらえませんでしょうか？」

聞いても断られるのを織り込み済みで、忠士はこう尋ねた。

「いえいえ。それればかりは……。噂の情報源を秘匿《ひとく》することで、この人気コーナーは成り立っておりますもので」

だが、雑誌社が最も欲しがるカードを、忠士は持っている。

「さようですか。私はね、この噂の真相を知りたいだけなんです。それがわかれば、貴誌で妻のインタビューだってご提供したいと思っているぐらいですよ」

「古賀伯爵夫人のインタビュー……ですか？」

三浦の瞳がぎらついたのを、忠士は見逃さなかった。

「そうです。妻はいろいろ醜聞もありましたが、それは彼女の美しさゆえ。女学生のころからインタビューやグラビアの依頼は数多くあったようですが、全て前《さき》の相馬伯爵家ご当主がお断りされてきたようでしてね」

忠士は煙草とマッチをポケットから取り出し、火を点けた。こうして間《ま》を作り、相手の出方を待つ。

「灰皿をどうぞ」

安っぽい金物《かなもの》の灰皿を差し出され、忠士は「ありがとうございます」と、目を細めた。

「ぜひ、ぜひとも。インタビュー前に、インタビューだけでなく、グラビアもお願いしたいです」

「では、インタビュー前に、妻の所業を全て把握しておかないと。投書か何かなら、全文見せていただけませんでしょうか。投書した方のお名前さえ見なければ問題ないでしょう？」

忠士は再び煙草を吸い、煙を吐く。その煙が霧散したとき、三浦が首を縦に振った。

「そうですね……。手紙自体には署名はありませんから、大丈夫です。お見せしましょう」

「助かります」

三浦が席を外したので、忠士は灰皿に煙草を押しつけた。

すぐに三浦が戻ってきて手紙をテーブルに広げる。

「こちらです」

忠士はすぐに『みますや』という文字を探した。

――二条の筆跡だ！

二条の筆跡の特徴が出るのは『み』と、『わ』で、最初の横棒が極端に短いのだ。

そんなことをチェックしていることなどおくびにも出さず、忠士は手紙をゆっくりと手に取った。和紙を使った高級な便箋《びんせん》なところも二条らしい。

――少しは庶民を装えよ。

「噂話コーナーって、こんな手紙みたいな形で届くものなのですね」

「直接会うことが多いのですが、この方は会っているところを見られたくないとかで」

〝方〟といえばあるていど身分が高い男だ。『みますや』の給仕にはつけない敬称だろう。

――記者といえども民間人。脇が甘いな。

忠士は手紙に目を落とす。原文にはさすがにスパイだとかは書いていなかった。二条も軍人のはしくれ。三浦が惹句《じゃっく》として書き加えたのだ。

――むしろ、脚色してくれたことに感謝だな。

これで二条を徹底的に潰せる。

そのとき電話の鳴る音が遠くから聞こえて「三浦さん」と、事務員から声がかかった。

「少し外します」と、三浦が去っていく。

この電話は忠士が仕込んだものだ。

忠士は軍服の釦にチェーンを引っかけた懐中時計を取り出し、時間を見るふりをして、手紙を撮影する。これは諜報部員用にアメリカで開発された超小型カメラで、撮れるのは六コマのみ。まずは『みますや』『いわば』の接写。次に一枚目を全体的に一コマ、そのあとは部分的に三コマを撮影する。二枚目は敢えて写さない。全文を写すと、二条が『スパイ』という言葉で軍を貶していないことが明らかになってしまう。

今思えば、二条と光子の結婚を潰したことが忠士の最初の諜報活動だった。今度は二条本人を潰すために、諜報活動をしてきたことが役立つことになるとは、忠士自身、思ってもいなかった。

それにしても、情報戦が繰り広げられるヨーロッパを離れたと思ったら、上海のフランス租界で情報収集をやらされ、さらには、この醜聞だ。

忠士は再び煙草に火を点け、煙を吸い込む。

――だが、それもいい。

光子を守ることで自身が穢れれば穢れるほど、光子がいよいよ輝くような気がする。忠士が忠誠を誓う相手はいつだって光子だけなのだ。

大文社を出たあと、この写真を証拠に、二条が参謀本部を貶めるような記事を雑誌に投書したことを、忠士は将校に進言する。

二条は、出世コースとなる陸軍大学校入学の予定があったが、それはあっけなく取り消されたのだった。


「光子、なんて美しい！　世の男どもがみんな惚れてしまうよ」

また忠士が真顔で可笑《おか》しなことを言ってきた。

忠士が婦人誌を中心に、雑誌や新聞のインタビュー記事を十二本も取ってきて、今から初めての撮影に挑むところだ。しかも、その雑誌には噂話を載せた『婦人界』も入っている。

光子は、『暁の星』の三階で、フランスの最先端のドレスに身を包み、モノクロのグラビア映えする化粧なるものを、化粧の専門家に施してもらったところだ。

「化粧が濃すぎて……笑っちゃうわ」

忠士が背後から抱きしめて、うなじに唇を寄せてくる。今もうなじは空いたままだ。再会した当時は惨めに思った髪型だったが、その後も前のように肩より長く伸ばすことなく、耳のところでカールさせた髪型にしている。このくらいの長さなら、男性的というよりも流行の最先端だ。化粧の効果もあり、これなら誰も、あの給仕と同一人物とは思わないだろう。

「素のままの光子のほうがずっと美しいが、ほかの男に見せるわけにはいかないからね」

服を畳んでいた侍女の手が止まった。

「た、忠士……雑誌社の方々の前ではこういうことを言うの、やめてね」

「もちろんだよ。怖い顔して見守っている」

忠士が頭頂に頰を寄せてくる。

実際、雑誌社の記者たちが来ると、忠士は眉間に皺を寄せ、下手な質問をしたら息の根を止めかねないような顔になった。

効率重視とかで、今日だけで、四社の撮影が続けて行われる。発売は同時期だが、三回着替えて違う日に撮ったふうに見せればいいとのことだ。

写り方については忠士がカメラマンになって何度も練習した。そのとき指導された、片脚を少し前に出すとか、敢えてカメラから視線を外して微笑むとか、そんなことを意識して写してもらう。二階で撮影したあとは三階の客席でインタビューとなるが、忠士と想定問答の練習をしたので、それもなんとかなった。

噂話を記事にした記者の三浦に『みますや』について聞かれたが、これについては、とにかくしらばっくれることになっている。そもそも、二条が『みますや』に来たとき、光子は顔を見せていないのだ。

――さあ、巨大な猫をかぶるわよ！

「男装して給仕なんて楽しそう。一度やってみたいものですわ」

光子はここぞとばかりに自分の中の〝優雅〟を総動員して、にっこりと上品に微笑んだ。

なぜか、三浦が動揺している。

「そう……ですよね？　では、開業されるフランス料理店で、給仕をやられてみてはいかがですか？」

——待ってました！

新しい料理店に関する質問こそ、今回、十二社ものインタビューを受けた真の目的だ。

「『暁の星』は、素人の私が給仕できるようなお店ではありませんの。一流店から経験者を引き抜いておりますわ。来月には、パリで修業したシェフが帰国いたしますので、一ヶ月、ここで連携を確認してからの、お披露目になります。開店の日には記者の皆さまもご案内しますから、三浦さんもぜひいらしてくださいね」

「え？　私もご招待いただけるのですか？」

噂話を書いたという負い目があるのか、三浦が意外そうに確認してきた。

「もちろんですわ。今度はお手やわらかにお願いします」

光子は再び笑顔を作った。

——私を貶すのはいいけど、『暁の星』は褒めてもらわないと！

「この『暁の星』は父の遺品のようなものですから」

そう光子が話を継ぐと、三浦がはっとした表情になる。

こんな調子でインタビューを受けていき、ひと月ほど経つと、ぽつぽつと見本誌が届くようになった。

光子のインタビューが載った十二誌が出揃うと、夫人室のローテーブルに、忠士が雑誌を並べた。一冊を手に取ると、ソファーに座る光子の横に腰を下ろす。

「この雑誌の斜めを向いた写真が一番、光子らしくて気に入ったな」

「……私は、こういう撮影はもうこりごりだわ」

忠士が雑誌を広げる。

「亡き父親の遺志を継ぐ、美しい夫人が涙ながらに語る、新時代のフランス料理店。これは人々の心をつかむな。夫に支えられてという美談もいい」

父親の遺志を継ぎたいと思ったのは本当だが、こんなふうに囃《はや》し立てられるのは光子の望むところではない。

「私、なんだか、お父さまを利用しているみたい……」

忠士が身を乗り出して光子の手を取ってくる。

「言い方が悪かった。お父上は光子のために料理店を開こうとされたのに、道半ばで亡くなられて無念だったろうから……本当によかったと思って」

そうだった。父は嫁に行くあてもなくなった光子を心配して、フランス料理店を手伝うという生きがいをくれようとしていた。その店を救ってくれたのは、まぎれもない忠士だ。

「忠士……ありがとう」

光子は忠士の手を握り返す。

「いやいや。和食の匠《たくみ》が作るフランス料理を考えたのも、噂話を潰して終わりにせず、宣伝に利用しようと発想の転換をしたのも、光子だよ？」

忠士が顔を傾け、触れるだけのくちづけをしてきた。

「武じいから聞いたのだけど、侍従に命じて雑誌をたくさん買い込んでいるって本当？」

忠士がきりっと凛々しい表情になった。

「読むためと、飾るためと、保管用だ」

「本人が目の前にいるのに、なんでそんなのが必要なのよ！」

「それはそれ」

忠士が腰に手を回し、光子をソファーに押し倒した。耳を甘噛みされただけで、光子は何も考えられなくなってしまう。

「忠士……」


二ヶ月後、フランス料理店『暁の星』が開店した。開店といってもお披露目の日で、一般客の予約は受けつけていない。記者や文筆家、関係者ですでに満席だ。

そして、その中にローラもいた。

近藤がパリで修業中、ローラから『腕がいいから日本に帰したくない』などという手紙をもらい、光子は肝を冷やしたものだが、ふたりが戻ってきて、その理由が腕がいいからだけではないことがわかった。ローラは、今回は近藤に惚れて、日本までついてきたのだ。

——結構、惚れっぽいのね。

近藤もローラに夢中で、すでに相馬家の離れで同棲中。この料理店が軌道に乗ったら結婚するのだとか。

光子としては、忠士にちょっかいを出されなくなって一安心だ。

客目線で店を見る必要があるので、光子は忠士、母、兄、信子とテーブルを囲んだ。母や信子がおいしい、おいしいと食べてくれるのが何よりもうれしかった。

デザートに入ったとき、忠士が信子にこんな話題を振った。

「博貴《あにぎみ》から聞いたのですが、信子さんは今、『夢の花』という小説に夢中だとか。私も読みましたが、貴族院の描写がリアルですよね？」

信子が頬を紅潮させる。

「古賀伯爵もお読みなんですか？　貴族院はともかく、文体も登場人物の造形も、とても美しいんです！　こんなに人気なのに、作者の天王寺文子《てんのうじふみこ》先生は全然、著者近影などをお出しにならないんですのよ。そこがまた謎めいていて素敵なんですけど！」

そのとき、忠士の視線が秀文のほうに移る。兄の顔がなぜか真っ赤になっていた。

——お兄さまもこの小説がお好きなのかしら？

忠士がなぜか笑いを噛み殺したような表情になる。

「作者を存じ上げているので……ご紹介できるかもしれません」

「本当に!?　うれしいですわ」

「ただ……信子さんが会ったことのある方ですよ？」

「私、知らず知らずにお会いしたことがあるんですの？」

そのとき、ずっとうつむいていた秀文が、しぼり出すような声でこう言った。

「作者は……僕です」

「ええ!?」

光子だけでなく、母まで驚きの声を上げた。いつも引きこもって道楽の小説を書いていると思っていたら、本当に小説家になっていたのだ。

「忠士くんに編集者を紹介してもらって、雑誌に小説が掲載されたら、思ったより人気が出てしまって……それで忠士くんに借金を返そうとしたら、断られて……」

「えっ？　忠さまが紹介を？　それにお兄さま……借金を返そうとしていらしたのね？」

人の心がないと思っていた兄に心があったことを、光子は今ごろ知った。

光子は忠士に小声で文句を言う。

「どうして教えてくれなかったの？」

「教えたら、光子は、お金を受け取るように言ってくるだろう？」

「それは当然よ」

「だろう？　だから言わなかった」

ひそひそ話を終えて光子が信子を見やると、信子の瞳が今までにないくらい輝いていた。

「素敵……素敵ですわ。よく見たら、相馬伯爵って光の君の男装姿に似ていますわ」

――もしや、これは……恋？

「まさか、信子さんのような美しい女性に僕の小説を好んでいただけるなんて……」

「まさか、天王寺先生に『美しい』って言っていただけるなんて……」

母が、見つめ合うふたりの間で視線を行ったり来たりさせている。母にしたら、息子が小説家だということも、恋に落ちる瞬間を見せられることも想定外だっただろう。

その日、招待客たちが皆、口々にシェフを褒めたたえるものだから、近藤は照れたように笑っていた。その横でローラが我がことのように、うんうんとうなずいている。

こうして、新聞や雑誌で『暁の星』は絶賛された。

『日本人好みの洋食に変換するのではなく、フランス料理を和食と融合させた天才シェフ』、『〈暁の星〉は、建物、内装、料理、全てが、その名の通り、一番星のように輝いている』などといった店に関する褒め言葉は当然としても、中には『〈暁の星〉は美貌の伯爵夫人が作り上げたひとつの芸術品だ』なんていう光子を称賛するようなものまであった。

――私は何もしてないのに、こそばゆいわ。

もちろん、店は毎日満員御礼。この調子でいけば、二、三年もすれば、借入金を返せるだろう。

終章

『暁の星』のことが一段落したので、光子は忠士をせっついて、故郷の福山にある、古賀家の墓参りに行くことにする。

忠士は父親の一周忌でさえも東京で済ませていた。光子の父が福山からの帰りに、列車事故で亡くなったので、光子を連れていきたくなかったようだ。

そういう意味で、これは光子の父の弔《とむら》いにもなる。

行きの列車で、事故が起きたところを通過するとき、光子は忠士とともに黙とうした。

福山に着くと、古賀家先祖代々の墓前でお参りをする。そのあと、光子は忠士に連れられ、本堂の客間へと入った。そこは二十畳くらいの和室で、ふたりが卓に着くと、黒い法衣を纏った住職がやって来る。卓を挟んで向かい合って座した。

「古賀伯爵、これはこれは……ご立派になられて」

「ご住職、ご無沙汰しております。こちらは妻で、前《さき》の相馬伯爵の長女、光子です」

「お姫《ひい》さま、いえ、今は奥さまとお呼びすべきでしょうか。殿さまがこの寺にいらっしゃったあと、列車事故に遭われて……私もとても悲しく、寂しく思っておりました。大正になっても、福山藩のことを第一にお考えいただき、ご存命中は大変お世話になりました」

「そんなふうにおっしゃっていただけるなんて……本当にうれしく存じます」

今もこの地の人々は皆、父を殿と慕ってくれているのだ。

住職が忠士のほうに顔を向ける。

「殿さまがお望みになっていた通りになって、今ごろ、浄土でお喜びのことでしょう」

——父の望み？

忠士も意味がよく呑み込めていないようで、こんな質問をしていた。

「殿のお望みというのは、どういった内容でしょうか？」

「忠士さまのお父上が殿さまに託された遺言のことですよ。忠士さまと光子さまを結婚させてほしいという内容の。殿さまはこうおっしゃっていました。殿と家老という関係を越え、親戚になろうとしてくれた心が何よりうれしいが、肝心の古賀伯爵がここにいないのが悲しくてならないと——」

——お父さまが私たちを結婚させようとしてくれていたってこと!?

忠士が狼狽《ろうばい》している。こんな忠士を見るのは初めてのことだ。

「父が……そんな遺言を殿に……？」

「ご存じなかったのですか？　ご結婚されたと聞いて、てっきり、殿さまから忠士さま、光子さまにお話がいっていたものかと……」

「私は父から何も聞いていませんわ」

光子が忠士のほうに顔を向けると、忠士が、空《くう》を見るような目つきで話し始める。

「実は私は外国勤務になる直前に、光子との婚約を殿にお願いしてほしいと父に頼んだことがあるのです。ですが、光子に何も伝わっていなかったので、父は殿に伝えてくれなかったのだと思い込んでおりました。まさか遺言で殿にお伝えしていたとは……」

――忠士ったら古賀のおじさまに婚約を頼んでくれていたのね……。

以前、忠士はこう言った。

『結婚の約束をしていたのですが、それを唯一ご存じだった光子さまのお父さまがお亡くなりになったことで行き違いが生じたようで』と――。

中山家との婚約を解消させるために、その場しのぎの言葉だったかもしれないが、そこに真実も含まれていたのだ。

「きっと、殿さまは墓前で、前《さき》の古賀伯爵とお話しされてから、光子さまにご相談しようと思われていたのではないでしょうか。その帰りに殿さままで亡くなられて……。それなのに、おふたりはよくご結婚に至りましたね？」

忠士が力強くこう言い切った。

「はい。私たちは自分たちの意思で結婚したのです。ですが、両家の父親がそれを望んでくれていたとは……今、感激しております」

「きっと、お導きですよ」

住職が菩薩《ぼさつ》のような笑みを浮かべた。

本堂を出ると、忠士が無言で手を繋いできた。きっと父親のことを思い出しているのだろう。しばらく何も話してこないので、光子も黙って隣を歩く。

忠士がぼそりとつぶやいた。

「かなり回り道をしてしまったけど、結局、こうなる運命だったんだな、俺たち」

「うん。最初、忠士が結婚したがる理由を誤解して、婚約を解消したいと思ったこともあったけど、忠士が押し切ってくれて……本当によかった」

「誤解って？」

「忠士は古賀家を継いだことで家老として、江戸時代の主君を救おうとしているのかなって。そういう義務で結婚するのはよくないと思っていたの」

忠士が困ったように小さく笑った。

「光子は前もそんなことを言っていたな。まあ、俺も家老としてとか大義名分を掲げたこともあったから……。でも、光子。もし、俺が家老なら、忠誠を誓うべきは、光子じゃなくて、秀文さんのほうになっていたと思わないか？」

「あ、確かに！」

「一応、本人の前では立てているけど、それは光子の兄上だからで……。貴族院とか結婚とかで外聞がよくなるようにしているのも、光子の実家のことだからだ」

「え……そうなの？」

「そうだよ」

忠士が身を屈めて耳打ちしてくる。

「俺は、藩よりも国よりも、いつも光子が一番だから」

「まあ！　不良軍人だこと」

あとがき

ようこそ！　ここはパラレル大正！

このお話はあくまで大正風です。そもそも、駐在武官はこんなに若くして任じられる官職ではありません。

とはいえ、駐在武官↓参謀本部という出世コースだと将来的に戦場に人を送り込む側の人間になります。それが気になって、ここは世界大戦が起こらない世界線だと思い込んで書きました。

もし、大戦が起こったとしても負けが見えていたら、忠士は全力で止めようとするし、それがかなわなければ、光子を守るために欧州の中立国にでも亡命することでしょう。

光子が武家華族ということで公爵家の嫡男と婚約解消に至りますが、これは『ある華族の昭和史　上流社会の明暗を見た女の記録』（酒井美意子／講談社文庫／一九八六）を参考にしました。著者の母親で、姫路藩の旧藩主である伯爵家の菊子姫は女学校時代に内親王に見初められて婚約したのに、婚約辞退を求められ、解消に至りました。

のちに菊子姫は加賀藩の前田利為侯爵の後妻になります。ちなみに、前田侯爵は四十代のとき三年間、イギリス駐在武官でした。最終的に陸軍大将になりますが、それは戦死したあとのことです。

参考図書は『フランス生まれ――美食、発明からエレガンスまで』（早川雅水／集英社新書／二〇〇二）、『お姫さまお菓子物語』（今田美奈子／朝日学生新聞社／二〇一三）、『大正ロマン手帖　ノスタルジック＆モダンの世界』（石川桂子／河出書房新社／二〇〇一）で、参考にしたサイトは「料理王国」、「辻調グループ 学校案内サイト」、「食の研究所」です。

今回、調べものが多く、今までになく時間がかかったのですが、藤浪まり先生による超絶かっこいい忠士＆可愛い光子のおかげで、全て報われました！　ドレス、着物、フロックコート、軍服、アールヌーヴォーな背景――どれを取っても本当に、うっとりしちゃいます！　大正ものにトライしてよかったとつくづく思いました。

皆さまにも楽しんでいただけたのなら、幸甚に存じます。

藍井　恵

藍井恵先生、藤浪まり先生へのお便り、
本作品に関するご意見、ご感想などは
〒101-8405
東京都千代田区神田三崎町2 - 18 - 11
二見書房　ハニー文庫
「初恋こじらせ軍人伯爵の暴走愛　～私、婚約解消二回の没落令嬢なんですけど⁉～」係まで。

本作品は書き下ろしです

Honey Novel

初恋《はつこい》こじらせ軍人伯爵《ぐんじんはくしゃく》の暴走愛《ぼうそうあい》
～私《わたし》、婚約解消二回《こんやくかいしょうにかい》の没落令嬢《ぼつらくれいじょう》なんですけど⁉～

2022年 5月10日　初版発行

【著者】藍井恵《あいいめぐみ》

【発行所】株式会社二見書房
東京都千代田区神田三崎町2-18-11
電話　03(3515)2311［営業］
03(3515)2314［編集］
振替　00170-4-2639
【印刷】株式会社 堀内印刷所
【製本】株式会社 村上製本所

落丁・乱丁本はお取り替えいたします。
定価は、カバーに表示してあります。

ISBN978-4-576-22051-2

https://honey.futami.co.jp/